Juri
Rytchëu

Teryky

Zu diesem Buch

Wenn ein Polarjäger auf einer Eisscholle abtreibt, so geht eine Sage der Tschuktschen, wird er zum Teryky, zum fellbewachsenen Ungeheuer. Kehrt er zurück, ist es die Pflicht der Menschen, ihn zu töten.

So recht glaubt keiner mehr an diese Legende. Als der Robbenjäger Goigoi nach einem Wetterumsturz auf einer Eisfläche ins Meer hinaustreibt, ist seine einzige Sorge, zu seiner Geliebten, zu seiner Sippe zurückzukehren. Nach langen Wochen der Verzweiflung, des Hungers und der Kälte setzt er wieder den Fuß an Land – und sieht mit Entsetzen sein Spiegelbild in einer Pfütze. Er ist zum Teryky geworden.

Der Autor

Juri Rytchëu wurde 1930 als Jägersohn in der Siedlung Uelen auf der Tschuktschenhalbinsel im äußersten Nordosten Sibiriens geboren und lebt heute in St. Petersburg.

Von Juri Rytchëu sind im Unionsverlag außerdem lieferbar: »Traum im Polarnebel« (UT 34), »Wenn die Wale fortziehen« (UT 49), »Unter dem Sternbild der Trauer«, »Die Suche nach der letzten Zahl«.

Juri Rytchëu

Teryky

Aus dem Russischen von
Waltraud Ahrndt

Unionsverlag
Zürich

Die russische Originalausgabe erschien 1980
im Verlag Sovetskij pisatel, Moskau
Die deutsche Erstausgabe erschien 1989
im Verlag Volk und Welt, Berlin

Unionsverlag Taschenbuch 71
Übernahme der Übersetzung mit freundlicher Genehmigung
des Verlags Volk und Welt, Berlin
© by Juri Rytchëu 1980
© by Unionsverlag 1996
Rieterstrasse 18, CH-8059 Zürich, Telefon 01-281 14 00
Alle Rechte vorbehalten
Umschlaggestaltung: Heinz Unternährer, Zürich
Umschlagfoto: L. Weisman
Druck und Bindung: Clausen und Bosse, Leck
ISBN 3-293-20071-0

Die äußersten Zahlen geben die aktuelle Auflage
und deren Erscheinungsjahr an:

1 2 3 4 5 - 99 98 97 96

Goigoi erklomm die von nächtlichem Neuschnee bestäubte Eisscholle und blickte zurück. Hinter dem Wall von Packeis am Ufer waren die Jarangen noch zu erkennen. Auf der weißen Ebene, die am fernen Horizont von blauzackigen Höhenzügen gesäumt war, wirkten die Behausungen wie dunkle Pünktchen zwischen Himmel und Erde. Goigoi blieb jedesmal an dieser Stelle stehen, um einen letzten Blick auf die Siedlung zu werfen. Und jedesmal zog sich sein Herz zusammen vor zärtlichem Mitgefühl für dieses winzige Anzeichen von Leben inmitten der weißen Ödnis. So war es im Spätherbst, wenn das Eis gerade fest genug wurde, um einen Menschen zu tragen, so war es im tiefen Winter, wenn die Sonne sich nur durch einen langen, nie verlöschenden rötlichen Streifen am kalten, trübdunklen Himmel in Erinnerung brachte. So war es auch jetzt, zur Zeit der langen sonnigen Frühlingstage, zur Zeit der Schneeschmelze. Allmählich verschwanden die Jarangen aus dem Blickfeld des Jägers und nisteten sich ein in seinem Fühlen und Denken. Auf dem langen Weg zu den Wildspuren, den kaum erkennbaren auf dem Eis des

Meeres, konnte er sie erstehen lassen aus seinem Gedächtnis.

Goigoi stieg von der Eisscholle, schnallte sich die Schneeschuhe an und wandte sich zum Meer, das blau aus der Ferne leuchtete.

In jedem Frühjahr beginnt das Leben von neuem. In diesem Frühjahr hatte er eine Frau gefunden und erkannt. Es geschah auf dem vorjährigen Gras eines Tundrahügels. Ringsum lagen noch Schneewehen, kaum eingesunken, das Himmelsgewölbe war von Vogelstimmen erfüllt, und der Schnee ließ schon das Werden lebendigen, fließenden Wassers ahnen. Dies alles verschmolz mit außergewöhnlichem Entzücken, mit Seligkeit und leidenschaftlicher Zärtlichkeit für Tin-Tin, das Mädchen, das vom Fernen Berg gekommen war, wo seine Sippe Rentiere züchtete.

Nun also waren alle drei Brüder, alle drei Bewohner der Küstensiedlung am äußersten Rande der weiten Erde, verheiratet. Die älteren – Këu und Piny – hatten schon vor einigen Jahren Familien gegründet.

Die Brüder führten das karge, schlichte Leben der Küstenjäger. Nicht immer war die Jagd erfolgreich, winters zumal, wenn der Frost das Eis gefesselt hielt und keine Rinne für die Robben ließ. Dann mußte man Streifen alten Seehundsleders kochen und an den Walroßknochen der vorjährigen Beute nagen. Daß Goigoi eine Tochter vom Stamme der Rentierleute heiratete, ließ auf Unterstützung für die schwierigen Wintermonate hoffen, denn nicht zu Unrecht hieß es, bei den nomadisierenden Renzüchtern spaziere ja die Nahrung vor den Jarangen umher.

Bevor Goigoi zur Frau gefunden hatte, ging er gern aufs Meer hinaus. Heute aber, noch die Wärme der morgendlichen Nähe spürend, weibliche Weichheit mit seinem Körper erinnernd, fiel es ihm schwer, nicht länger zurückzublicken. Wie gut, daß er wenigstens in Gedanken zurückkehren konnte zu den wonnigen Morgenstunden, da der eigene Atem mit Tin-Tins Atem verschmolz, da die Körper sich leidenschaftlich begegneten! Kennen und wissen dies auch Vögel, Tiere, Steine, Flüsse, Wolken? Vielleicht ist nur dem Menschen solches Glück beschieden?

In der Erinnerung, bei der gedanklichen Berührung ist jede Stelle des geliebten Körpers erregend, jede entfacht im Herzen Glut, so daß es zärtliche Wärme ausströmt. Das Schönste jedoch sind ihre Augen. In der tiefen Schwärze glimmt verborgenes Feuer, das nur dem Auserwählten zugedacht ist. Ihr rundes Gesicht, umrahmt von schwarzen Haaren, die so straff sind wie die Bartfäden des Wals, verändert sich jeden Augenblick, wie die Oberfläche offenen Wassers unter der streichelnden Hand des Frühlingswinds. Die Augen, das Gesicht, die kleinen Fältchen, die an den Nasenflügeln manchmal erscheinen und schnell wieder vergehen, und auch die helle Stimme, wie ein

Strahl klaren Wassers, der aufs Eis fällt – dies alles ist so schön, daß einem schwindlig wird, als sei man hoch aufgestiegen und schwebe über der Tundra, über den angeschwollenen, noch nicht aufgebrochenen Flüssen, dem bloßliegenden blauen Eis der endlosen Seen, über Berghängen mit sprießendem jungem Gras, über schwarzen Felsen, auf denen der Schnee niemals liegenbleibt. Man fliegt höher als Vogelschwärme, höher als die Wolken, hoch über dem zerklüfteten Eis des Ozeans in andachtsvoller Stille.

Goigoi und Tin-Tin hatten noch keine eigene Jaranga, sie bewohnten bei Bruder Piny eine Ecke im Schlafraum auf Fellen. Jeden Abend, wenn sie die Behausung aufsuchten und sich in ihre weichen Rentierpelze wickelten, zogen sie sich ganz in ihre eigene Welt zurück und vergaßen oftmals, daß in diesem engen, von Renfellen umgrenzten Raum noch zwei lebendige Menschen waren, die einander vielleicht nicht weniger liebten. Die älteren Brüder machten sich zuweilen, ohne es böse zu meinen, über den jüngsten lustig, und er errötete, obwohl er seine Verlegenheit gern verbergen wollte.

Sie hieß Tin-Tin. So nennt man das durchsichtige Süßwassereis, das tönende, spröde, das unter der grellen Frühlingssonne in allen Farben spielt. Es war der schönste Name, den Goigoi je gehört hatte.

Vor der Heirat war Goigois Leben geradlinig verlaufen wie der Flug des Pfeiles vom gespannten Bogen. Nur manchmal in der Frühe, wenn das Bewußtsein sich löste aus schläfrigem Vergessen voller vager Träume und undeutlicher Stimmen, fühlte er, daß hinter dem Schleier, der Traum und Wirklichkeit trennt, etwas geheimnisvoll Schönes zurückblieb. Doch es schmolz wie eine leichte Wolke und hinterließ ein Gefühl seltsamen Unbefriedigtseins, eine körperliche Spannung, die lange anhielt und mitunter geradezu schmerzte. Trotzdem wurde Goigoi jedesmal überm Erwachen so froh, als wäre er neu geboren und das ganze Leben läge vor ihm.

Abends, zum Umfallen müde, dachte er bereits an den neuen Morgen, ans neue Erwachen. Alles erfreute Goigoi – der Tagesanbruch, wenn sich die Sonnenstrahlen durch den schmalen roten Himmelsstreifen drängten und das Schweigen der riesigen Weite sich mit dem unhörbaren feierlichen Lied des aufkommenden Tages füllte, der weiche Moosboden der Tundra im Sommer, der elastisch unter den Füßen federte, als erwidere er die menschliche Berührung, das Murmeln eines Baches, das Plätschern der Wellen, der erste weiche weiße Schnee, der der Haut mit seiner Kühle noch schmeichelte, der winterliche Schneesturm, der zum Kräftemessen herauszufordern schien, das Krachen des Eises auf dem Fluß, wenn es unter dem Druck anschwellenden Wassers barst ...

Auch die Tiere und die Vögel erfreuten Goigoi, sie alle, wie sie durch die Tundra liefen, sprangen, trabten, wie sie sich tummelten im Wasser der Flüsse, der Seen und der Meere.

An Winterabenden, wenn das Feuer, das in einem flachen Steinschälchen über einem Büschelchen Moos flackerte, am Erlöschen war, drang aus der hintersten Schlafecke die Stimme des älteren Bruders, sie erzählte von den Ursprüngen des Küstenvolkes der Robbenjäger, von der Entstehung der Rentierzüchterstämme, von Tapferkeit und echtem Mannesmut, vom Manne als dem Ernährer und Bewahrer des Menschengeschlechts.

In diesen nächtlichen Erzählungen sprachen Tiere und Vögel mit menschlicher Stimme, und es erwies sich, daß viele von ihnen Menschen waren, die aus vielfältigen Gründen eine andere Gestalt angenommen hatten.

An einem stürmischen Winterabend vernahm Goigoi die erschütternde Legende von den Teryky, jenen verwandelten Menschen, die zu behaarten Ungeheuern geworden waren. Die Geschichte strotzte von grausigen Einzelheiten, und Goigoi mühte sich, sie wieder zu vergessen, damit er morgens mit dem frohen, reinen Gefühl ungetrübter Lebensfrische erwachen konnte. Später freilich, auf der Jagd, als er mit der Harpune das scheue Wild beschlich, stieg plötzlich aus der Tiefe seines Bewußtseins die grausige Erzählung auf, und für einen Augenblick verwandelte sich der Seehund auf dem Eis in etwas Menschenähnliches. Besonders grausig und erschütternd war es, als Goigoi den Blick des Tieres auffing.

Seit Tin-Tin da war, traten all diese Ängste und Wirrnisse zurück hinter andere Gefühle, die völlig Tin-Tin galten sowie der bevorstehenden Jagd und der darauf folgenden frohen Heimkehr, da die Liebste vor der Wohnstatt wartete.

Auf der Gesichtshaut und am Geruch erspürte Goigoi die Nähe des offenen Wassers. Es lag vor ihm, hinter dem steil abfallenden Rand des Küsteneises: lebendig, grün, tief und geheimnisvoll. Eine ganz andere Welt ist das, erstaunlich verschieden von der des Festlands. Das menschliche Auge erblickt nur, was an der Oberfläche liegt, der Gedanke dringt kaum bis in eine Tiefe, die die Sonnenstrahlen noch erreichen, und darunter ist Finsternis, bevölkert von rätselhaften Lebewesen, die es an Bizarrheit mit Geschöpfen aus Zaubermärchen aufnehmen.

Das Reich der Meerestiefen war dem Menschen schon immer feindlich und rätselhaft. Ein Küstenjäger, dem Wasser ausgeliefert, wurde hilflos, als hätten fremde, unbekannte Mächte von ihm Besitz ergriffen. Die weisen Alten behaupteten: So ist es und nicht anders. Wer sich in den Fängen des nassen Elements befand, hoffte nicht mehr auf Befreiung, er ergab sich in sein Schicksal. Er wußte, keiner würde ihn retten.

Das Meer glitzerte unter der Sonne und warf Lichtflecke auf niedrig fliegende Vogelschwärme. Je näher der Jäger kam, desto deutlicher spürte er den gewaltigen Atem des Ozeans. Vom offenen Wasser wehte ihm mit frischem Duft die Erinnerung an den vorjährigen Sommer zu, als die Wellen lange Schlingen von Seetang ans Ufer warfen.

Goigoi betrat das hohe Eisufer. Das Wasser hob und senkte sich, als atme eine riesige, bis zum Horizont sich erstreckende Brust, und mit dem Wasser wiegten sich Vögel, Eisschollenbrocken und Walrosse, die auf Eisschollen lagen. Hin und wieder tauchten Seehunde und Ringelrobben auf, doch sie blieben, vor dem Jäger scheuend, der Küste fern.

Die Sonne stand frühlingshaft hoch. Nur wo Himmel und Wasser einander berührten, schwammen Wolken, vielleicht auch Eisschollen. Die Luft war unbewegt, trotzdem herrschte keine Stille – Vögel kreischten, Eisschollen knirschten, das Wasser plätscherte, Walrosse schnaubten. Alles ringsum lebte, freute sich des Erwachens vom Winterschlaf, der wiederkehrenden Wärme.

Goigoi setzte sich auf ein Eisinselchen.

Nachdem ihr Mann gegangen war, stand Tin-Tin lange vor der Jaranga und blickte dem sich entfernenden Jäger nach. Goigoi wurde immer kleiner, sie sah ihn noch zwischen Eisblöcken auftauchen, dann blieb er lange Zeit hinter gehäuften Schollen verborgen und erschien wieder vor dem Hintergrund des blanken Himmels als deutlich sichtbarer Punkt. Obwohl er einen Kapuzenpelz aus gebleichtem Jungrobbenfell trug, hob sich dieser vom Eis und vom schmelzenden Schnee ab. Nun erklomm Goigoi eine hohe Eisscholle. Dort stand er lange, und Tin-Tin schien es, er schaue aus der Ferne zu ihr. Ihr Herz, das schon zur Ruhe gekommen war, geriet erneut in Aufruhr, das Blut stieg ihr zu Kopfe und trübte ihren Blick.

Und alles, was gerade erst im warmen, fellverkleideten Schlafgemach geschehen war, brachte sich deutlich in Erinnerung, so daß eine riesige Welle von Glück und Zärtlichkeit sie traf. Dies kam so stark und unerwartet, daß Tin-Tin wankte, es verschlug ihr den Atem, und sie hielt sich kaum aufrecht, schnell griff sie nach dem Lederriemen, an dem der Stein hing, der das Dach der Jaranga sicherte. Als sie wieder klar sehen konnte, stand Goigoi schon nicht mehr auf der Eisscholle. Hatte ihn die eisige Weite geschluckt, oder hatte er sich aufgelöst im Weiß der eisigen Unendlichkeit wie ein Stückchen weißen Schnees, das ins Wasser fällt? Tin-Tin ging in die Jaranga zurück, nahm die Ledereimer und stieg zum Meereseis hinab. In den Schmelzwasserpfützen spiegelten sich der blaue Himmel und die Sonne. Bevor sie Wasser schöpfte, betrachtete sie lange ihr Spiegelbild, erinnerte Goigois Gesicht und hielt in Gedanken Zwiesprache mit ihm. Niemals sprach man alles laut aus, was das übervolle Herz bewegte, denn das wäre lästerlich gewesen. Die vielfältigen Götter, die das Himmelsgewölbe bevölkerten, die in Bergen, Steinen, Gräsern und Blumen sich bargen, sie alle beobachteten wachsam der Menschen Verhalten und waren bereit, ein zufälliges Versagen zu bestrafen.

Dabei, wie verlangte es Tin-Tin danach, diese Worte auszusprechen! Auszusprechen, daß es nichts Wonnigeres gab als seine Berührung, als die Wärme seines männlichen Körpers, seiner schimmernden Haut, die sich weich an die eigene schmiegte, auszusprechen, daß kein Laut schöner war als sein stoßweiser Atem im Moment inniger Vereinigung, kein Anblick angenehmer, als unentwegt in seine Augen mit den glühenden Pünktchen in der bodenlosen Schwärze der Pupillen zu schauen, die runden, noch kindlich geformten Wangen zu betrachten, die vollen Lippen, weich wie überreife Torfbeeren, die dunklen Härchen in der tiefen Mulde zwischen Oberlippe und Nase, die von schwarzem Haar gerahmte Stirn …

Nachdem sie zur Genüge stille Zwiesprache mit ihrem Mann gehalten hatte, schöpfte Tin-Tin Wasser in die Ledereimer, trank selbst vom kühlen Naß, das in die Zähne schnitt, und kehrte zur Jaranga zurück, wo unterdessen Piny und seine Frau erwacht waren. Als jüngste Frau in der großen Familie mußte Tin-

Tin die schwersten Arbeiten im Haushalt verrichten, doch war ihr dies keine Last, denn sie stammte ja aus der Tundra, aus einem Rentierzüchterlager, wo den Frauen weit härtere Pflichten oblagen: die Nomadenbehausung ab- und aufbauen, Feuerholz sammeln, dabei oft mühsam lange Ranken der Kriechbirke unterm Schnee freilegen, jeden Tag den schweren Fellteppich auf dem Schnee ausklopfen...

Hier, in der Wohnstatt an der Küste, glommen auf der Feuerstelle Teile von Bäumen, die weit entfernt von diesem kalten Ufer gewachsen und vergangen waren; die Herbststürme hatten sie an Land geworfen.

Im kühleren Teil der Jaranga, im Tschottagin, bereitete Tin-Tin das Frühstück, dabei sang sie leise:

Du schmolzest in eisiger Weite,
    so wie ein Funke erlischt,
Aber die Wärme blieb dennoch in mir.
Von dannen aufs Meer flog der Taucher,
Nahrung zu suchen der Brut,
Aber sein Nest blieb im Felsen zurück.
Warm ist mein Atem,
    mit dem ich das Feuer entfache,
Und du kommst wieder nach Haus.
So auch die Vögel: In schwärmenden Scharen,
    mit tönenden Schreien,
Kehren sie heim zu den Nestern...

Der Fellvorhang bewegte sich, hervor lugte Pinys zottiger Kopf. Er lauschte der Stimme der jungen Frau. Wie schön sie sang! Das macht des Singens echte Schönheit aus, wenn Worte und Melodie miteinander verschmelzen. Wovon sang sie denn? Von Vögeln? Wovon sonst sollte sie singen in dieser Frühlingszeit, da alles froh ist?

Unwillkürlich regte sich in Piny ein Gefühl des Neides auf seinen Bruder, doch er verscheuchte es schnell, wie man einen unwillkommen auftauchenden Hund verscheucht. Gemeine Gedanken! Und doch... Wie rasch welkt eines Weibes Körper. Einst hatte seine Frau Ajana ganz ebenso ausgesehen wie diese Zugezogene aus der Tundra, jetzt aber fehlte ihr schon das Feuer, das beide des Nachts nicht schlafen ließ. Noch kürzlich hatte Piny dies nicht bemerkt – bis in der Jaranga Tin-Tin erschien. Das heiße Liebesfeuer, das in der engen Behausung loderte, nur einen Handgriff weit entfernt, entzündete sein ruhig gewordenes Herz und traf auf Stellen, die noch lebendig waren und fähig, von zärtlicher Berührung entflammt zu werden. Allerdings nicht durch die Berührung Ajanas, die niemals schwanger wurde, ungeachtet der ausdauernden Bemühungen ihres Gatten. Ihre Brüste hatten die frühere Form verloren, sie waren schlaff geworden und faltig wie bei einem Walroß. Bei ihr fühlte man sich geborgen, das war schon alles. Goigoi aber bei Tin-Tin...

Piny sah Tin-Tin lange und freundlich an. Sie erwiderte seinen Blick mit einem stillen Lächeln und unterbrach ihren Gesang.

Seit sie gekommen war, herrschten Frohsinn und Helligkeit in der kinderlosen Jaranga. Ihre klingende Stimme verdrängte alle trockenen, heiseren Töne, auf einmal wollte jeder klar reden, jeder räusperte sich, bevor er etwas sagte.

»Sing nur, Tin-Tin«, sagte Piny. »Deine Stimme erfreut auch mir das Herz.«

Tin-Tin begann wieder vor sich hin zu summen, doch war es jetzt schon ein Lied für alle, in ihm schwang nicht mehr jenes süße Geheimnis wie im vorigen.

Der Schnee vergeht, das Vorjahrsgras entblößend,
Das bald die grünen Triebe übersprießen …
Ein Mäuslein bahnt sich seinen Weg und gräbt
Sich neue Wohnstatt neben hohem Stengel …
Ein buntes Blümchen lächelt der Morgensonne zu.

Eine singende Frau ist von ganz eigenem Reiz. Der Klang des Liedes verändert sie, macht sie größer und ranker. Und selbst wenn sie dann schweigt, lebt in ihr lange noch das Lied, verheißt Zärtlichkeit, innige Umarmung, Weichheit, die sanft stimmt und zugleich das Bedürfnis weckt, Zärtlichkeit zu erwidern …

Piny verließ die Jaranga, betrachtete gewohnheitsmäßig aufmerksam den Himmel, den Horizont, die fernen Höhenzüge, warf einen Blick zum Meer, wohin Goigoi diesen Morgen gegangen war. Ein leichter Wind wehte von der Tundra her, er brachte eine Ahnung von der Wärme des nahenden Sommers, von frostfreier Erde mit weichem grünem Gras und leuchtenden Blumen.

Äußerlich gab es keinerlei Anzeichen für einen Wetterumschlag, einen Windwechsel. Doch der erfahrene Piny wußte, wie launisch und trügerisch dieses Frühlingswetter voller Sonnenglanz war. Da ging mancherlei vor im Innern der Natur, die von äußeren Mächten beherrscht ward: Unsichtbares, Unerwartetes, Unvorhersehbares.

Da ziehen die Vogelschwärme – Taucher, Kormorane, Enten, Gänse, Schwäne, Kraniche und sonstiges geflügeltes Kleingetier. Sie haben es eilig, die sonnenwarmen Felsen zu erreichen und die heimeligen Bülten an den Seen in der Tundra, um dort ihre Eier abzulegen und den ganzen Sommer geduldig auf das Ausschlüpfen und Heranwachsen ihrer Nachkommenschaft zu warten. Füchse und Wölfe graben Höhlen für ihre Jungen.

Die Rentiere haben schon geworfen, nun weiden sie auf schneefreien Stellen, rupfen zwischen Steingeröll frische Hälmchen und die zarten bläulichen Büschel der Rentierflechte.

Auch die Meeresbewohner richten sich zu dieser

Zeit auf die Geburt ihrer Jungen ein: Ringelrobben und Seehunde, Walrosse, Wale und Eisbären.

Nur der Mensch bringt zu jeder beliebigen Zeit Kinder zur Welt. Dies kam Piny auf einmal seltsam vor, und er achtete, nachdenklich, wie er war, nicht auf die Wolke, die über dem Uferhügel hing.

Während des Frühstücks kreisten seine Gedanken um die bevorstehende Tagesarbeit. Zusammen mit seinem Bruder wollte er das Lederboot vom hohen Gestell nehmen, es zum Meeresufer tragen und dort mit schwerem Frühjahrsschnee umhüllen. Wenn der Schnee unter der zunehmenden Sonneneinstrahlung ein wenig taut, wird das Leder feucht und weich und gewinnt seine frühere Elastizität und Spannung wieder.

Später sollte den Göttern geopfert werden, den Beschützern und Helfern bei der Küstenjagd, und vor allem der Großen Urmutter, jener Frau, die mit dem Wal Rëu das Menschengeschlecht gezeugt hatte.

Jedesmal beim Zelebrieren dieses alten Kults, der in die verschwommenen Fernen des Ursprungs menschlicher Existenz zurückreichte, gedachten die Küstenbewohner der Legende über ihre Herkunft, über jene ferne Zeit, da die Wale als echte Brüder der Menschen verehrt wurden und nicht als Nahrung erlegt werden durften. Nachhall der Vergangenheit war neben diesen Opferungen im Frühling auch das Große Fest des Wals, das jedesmal gefeiert wurde, wenn die Boote nach erfolgreicher Jagd den riesigen Körper eines Meerestieres an Land brachten. Frühjahrs machte ein einzelner Jäger so reiche Beute, daß die anderen nicht aufs Eis hinaus mußten. Die Lagerstätten für Fleisch und Fett waren voll, und der Mensch ging oftmals ans offene Wasser, nur um seine Jagdleidenschaft zu stillen.

In der Wohnsiedlung gab es viel zu tun: Die Jäger rüsteten zur sommerlichen Walroßjagd, die Frauen nähten wasserfeste Stiefel und wasserdichte Umhänge aus Walroßdarm, auch richteten sie die Sommerbehausung her, welche die warme winterliche ablöste.

Arbeit gab es für alle. Nur die Schlittenhunde sonnten sich träge auf schneefreien Flecken – vorüber war für sie die harte Zeit, vorüber das Fahren mit dem Polarschlitten durch den Schnee, nur selten würden sie im Sommer eingespannt werden, wenn eine schwere Last durch die feuchte Tundra zu bringen war ...

Piny löste die von Frost und Winterstürmen hartgegerbten Riemen, mit denen das Boot befestigt war, und dabei hörte er, wie aus der Jaranga abermals das liebliche Lied erklang, Locklied, Sehnsuchtslied, Lied des Gedenkens an den Gatten, der zur Frühlingsjagd ausgezogen war:

Du schmolzest in eisiger Weite,
  so wie ein Funke erlischt,
Aber die Wärme blieb dennoch in mir.

Von dannen aufs Meer flog der Taucher,
Nahrung zu suchen der Brut,
Aber sein Nest blieb im Felsen zurück.
Warm ist mein Atem,
    mit dem ich das Feuer entfache,
Und du kommst wieder nach Haus.
So auch die Vögel: In schwärmenden Scharen,
    mit tönenden Schreien,
Kehren sie heim zu den Nestern...

Vom ständigen Blick auf das Wasser, das unter greller Sonne glitzerte, ermüdeten die Augen bald, und Goigoi schaute zum blauen Himmel auf, um ihnen Erholung zu gönnen.

Hin und wieder vergaß der Jäger alle Vorsicht und veränderte seine Lage, wandte den Körper einem Vogelschwarm nach, der zum fernen blauen Ufer hin flog. Er sah den großen Hügel bei der Siedlung, darüber eine leichte Wolke. Und sofort waren all seine Gedanken wieder in der Jaranga, bei Tin-Tin...

Es war schwer, danach erneut die Aufmerksamkeit zu spannen und den Blick auf die endlose Weite des Meeres zu richten.

Urplötzlich tauchte ein Seehund lautlos aus dem Wasser auf. Der Jäger erstarrte in Unbeweglichkeit, nur seine Hand faßte, wie gewohnt, den Harpunenschaft fester. Alles weitere geschah fast augenblicks, und Goigoi kam erst wieder zu sich, als er neben sich auf dem bläulichen blutbefleckten Eis den schnauzbärtigen Kopf liegen sah. Er blickte dem Tier in die Augen, in denen sich noch der Himmel spiegelte und die sich langsam trübten. Goigoi zog die Harpune aus dem noch warmen Tierleib und zerrte seine Beute ein Stück vom offenen Wasser weg.

Wohin verflüchtigt sich jenes Lebendige, das diese Hülle aus Haut, Fett, Fleisch, diese erstarrenden Innereien und das Blut beseelt hat? Sieht man ein Wesen sterben, sei es Tier oder Vogel oder gar ein Mensch, so überwältigt einen das Gefühl, daß aus der körperlichen Hülle etwas Wichtiges entweicht, das Allerwichtigste womöglich, welches im Grunde das Tier, den Vogel und den Menschen ausmachte.

In den Legenden hieß es, die Entwichenen träfen sich über den Wolken in einer anderen Welt. Sie begegneten dort den längst Verstorbenen, die alterslos in der Ewigkeit wohnten, und sprächen mit ihnen, jedoch noch keiner war zurückgekehrt, vom jenseitigen Leben Kunde zu bringen.

Goigoi seufzte lächelnd: Er kannte keine Todesfurcht, denn von Kindheit an war er erzogen in der Überzeugung, daß das hiesige irdische Leben nur eine Episode in der Ewigkeit ist, ein kurzer Augenblick in den unendlichen Wandlungen des menschlichen Wesens.

Freilich, niemand weiß, wie er verwandelt wird nach seinem Ende. Mag sein, er wird ein solcher Seehund, der später als Nahrung dient, Kleidung und Wärme spendet für seine und Tin-Tins Nachkommen. Fest steht, es gibt keine Kluft zwischen Gewesenem, Seiendem und Künftigem, und alle Formen seines Wesens sind nichts als Entwicklungsstufen in der Einheit der Zeit, die ebenfalls kein Gestern, Heute, Morgen kennt, denn alle Zeit ist eins. Ohne solcherart Überzeugung, aus dem Quell der Weisheit geschöpft, könnte er sich nicht des Lebens freuen. In dieser grenzenlosen Freude gibt es nur einen Schatten der Unruhe, genau wie jenes Wölkchen dort über dem Uferhügel am klaren hohen Himmel: den Gedanken, ob er wohl auch im neuen Leben mit Tin-Tin vereint sein wird?

Wohl kaum. Denn, wiederum den Quellen der Weisheit zufolge, begegnen die durch die Wolken Entwichenen einander zwar in einem neuen Leben, jedoch ohne irdische, körperliche Liebe. Sie sind sich gleichgültig wie zwei einsame Fische in kalter Wassertiefe, wie zwei Grashälmchen oder zwei Eisschollenbrocken. Das Seiende wird zum Menschen, um Liebe zu erfahren und Nachkommen zu erzeugen. Leben in Menschengestalt bedeutet, eine unter vielen anderen Bestimmungen zu erfüllen. Vielleicht ist das Weib die Ursache dafür, daß der Mensch so am Leben hängt, daß er sein irdisches Dasein so ungern gegen ein anderes eintauscht, wo es verfeinerte und höhere Genüsse geben mag als die Berührung der nackten Körper?

Goigoi lachte auf: Konnte es denn einen anderen Genuß geben als die Nähe von Tin-Tin? Allein schon der Klang ihrer Stimme weckte in seinem Innern ein zärtliches Licht, gar nicht zu reden von dem Sehnen, das in den süßen Schmerz engster Vereinigung mündete. Ach nein, es war schon am besten, ein Mensch zu sein, was immer die Quellen der Weisheit behaupten mochten.

Die Sonne wanderte über den Himmel, sie maß den langen hellen Frühlingstag aus. Die Schatten von den Brocken alter Eisschollen wurden länger und verdichteten sich zu tieferem Blau, als flösse aus der Weite des Luftraums etwas in sie ein. Das Wölkchen überm Uferhügel war längst zu einer großen Wolke geworden, und auch die Luft stand nicht mehr unbeweglich, leichter Wind war aufgekommen. Doch Goigoi mochte das hohe Eisufer nicht verlassen.

Neben dem Seehund lag eine junge Ringelrobbe, grellrotes Blut färbte die Wasserlache unter ihrem Kopf. Goigoi nahm ein beinernes Messer und schnitt den Leib der Robbe auf. Er löste die noch warme, dampfende Leber heraus und stillte seinen Hunger. Auf der Suche nach Süßwasser entfernte er sich vom Meeresufer und fand eine Lache von getautem Schnee. Das Wasser war eiskalt und schmeckte. Goigoi trank und betrachtete im Wasser sein Spiegelbild: rundes Gesicht, volle Wangen, ein leichter Bartflaum auf der Oberlippe, der keine Anstalten machte, sich zum dichten männlichen Schnurrbart auszuwachsen, dazu die dunklen Augen mit den glimmenden Pünktchen im Pupilleninneren. Er blickte sich selbst in die Augen und dachte an die Augen der Ringelrobbe, die schon vom Tod verschleiert waren ...

Immerhin stand auch ihm irgendwann die Zeit bevor, da seine Augen sich trüben, sein Wesen in eine andere Daseinsform übergehen würde ... Nein, Goigoi hatte keine Angst vorm Tode, doch er wollte nicht schon jetzt sterben, nicht heute und nicht morgen, auch nicht in absehbarer Zukunft als Greis. Er wollte einfach nicht glauben, daß eine Zeit käme, wo Tin-Tin ihm gleichgültig würde. Wenn das geschähe – wofür dann noch leben? Nur um zu atmen, zu gehen, Nahrung zu schlucken, im Schlaf Vergessen zu finden und aufs neue zu erwachen?

Goigoi überlegte: So hatte er früher gelebt, ehe er Tin-Tin begegnete, als er noch nicht einmal von ihrer Existenz wußte – hatte geatmet, war gegangen, hatte gegessen, geschlafen, war wieder aufgewacht. Damals jedoch gab es die Erwartung, die Vorahnung, daß unbedingt etwas geschehen müsse. Anfangs war dies alles unbewußt, vage ... Träume erregten seine Phantasie, sie erschienen sogar im Wachen so heftig, daß sie ihn erschreckten.

Als er Tin-Tin sah, begriff er sofort: Das ist es, was

mir träumte, was mich als Ahnung streifte im blauen Morgendämmer. Alles, was ihn so süß erregt hatte, nahm Gestalt an in ihrem Gesicht, in ihrer Stimme, ihrem Blick und sogar in ihrem Gang. Wie kam das nur: Sie war doch äußerlich ein ganz gewöhnlicher Mensch. Aber nur äußerlich. Hatte Goigoi nicht erfahren, wie sein Herz entbrannte, als er sie zum erstenmal sah? Dazu diese unsichtbaren Strahlen, die wie straffgespannte Saiten ihn und sie miteinander verbanden, und durch diese Saiten strömte Heißes, Unaussprechliches, das sie beide zueinanderzog.

Es ist, als stünde man hoch über einem Abgrund. Schwindelnden Kopfes schaut man hinab, und plötzlich erwacht der grausig-süße Wunsch, sich hinunterzustürzen. Doch der Verstand hält einen zurück.

Hier aber gab es kein Besinnen. Es gab ein leises, kaum hörbares Stöhnen, darauf ein Echo von einer Schneeammer am Bachufer, da war kein Abgrund, sondern Himmelsweite, Unendlichkeit nie gekannten Gefühls.

Goigoi lächelte, dann säuberte er seine blutbefleckten Lippen und ging zum Rand des Eises zurück. Er stellte sich vor, wie er mit dem Seehund und der Ringelrobbe heimkehrte. Er wird zwischen den aufgetürmten Eisblöcken gehen und schon von fern Tin-Tins Blick spüren. Noch ist sie nicht zu erkennen vor den dunklen Fellen der Jaranga, aber sie steht schon lange dort und wartet, in der Hand die kostbare hölzerne Kelle mit dem Schmelzwasser zum Trinken. Sie sieht Goigoi, denn auf dem weißen Eisufer ist ein Mensch weithin sichtbar.

Er ist erschöpft vom langen Weg übers Packeis des Meeres, von den schweren, hartgewordenen Tierleibern, die er hinter sich herziehen muß, doch sobald er Tin-Tin erblickt, strömt ihm neue Kraft zu, als zöge er keine Last mehr. Je näher er kommt, um so stärker wird seine Freude, so wie eine Schneelawine anwächst, die vom hohen Meeresufer niedergeht. Die Freude reißt alles mit sich fort, schüttet alles zu, er sieht nichts mehr – nicht die Jarangen, nicht die Hunde, nicht einmal seine Stammesbrüder –, nur noch Tin-Tin, ihr liebes rundes Gesicht und ihre Augen.

Vielleicht ist es das, weswegen der Mensch lebt? Vielleicht ist das Menschsein in der Kette aller anderen Daseinsformen für ebendiese Empfindungen geschaffen? Für solch hohe, schmerzlich schneidende Freude? Warum gibt es den Tod, da doch das menschliche Leben so herrlich ist? Ist es etwa gerecht, die Schönheit zu vernichten, für deren Erschaffung die Natur soviel Kraft aufwendet? Sollte dieser Gedanke wirklich noch niemals aufgekommen sein, dort, wo die Ursprünge allen Lebens entstehen?

Plötzlich fiel Goigoi ein: Und wenn dieser Gedanke bereits verwirklicht würde und er, Goigoi, der erste Mensch wäre, dem ewiges Leben und unerschöpfliches Glück beschieden wären? Wofür denn

27

sonst hatten oberste Gerechtigkeit und Zweckdienlichkeit ihn mit Tin-Tin vereint: Um das Geschaffene dann wieder zu zerstören? Dies wäre so entsetzlich sinnlos, daß es einfach nicht sein durfte! Es durfte nicht sein!

Und aus diesem Gedanken wuchs Goigoi eine solche Kraft zu, daß er mit bloßen Händen das Eis auf seinem Weg hätte zersplittern mögen. Wie gern hätte er in diesem Augenblick seiner Erleuchtung Tin-Tin neben sich gehabt!

Er erhob sich vom Eis, auf dem er saß. Zeit zur Heimkehr. Der Seehund und die Ringelrobbe genügten vollauf, die Gier nach Frischfleisch zu stillen. Außerdem verschlechterte sich das Wetter. Die Wolke überm Hügel hatte sich längst über den ganzen Himmel ausgebreitet, war zum fahlweißen Dunst geworden, erschreckend ähnlich jenem Todesschleier, der die Augen erlegter Tiere überzog. Der Wind peitschte stoßweise das Gesicht, Goigoi mußte sich umwenden und auf die dunkle gekräuselte Wasserfläche mit den weißen Schaumkronen blicken.

Er band mit Riemen die Leiber der erlegten Tiere zusammen, hängte sich den Zuggurt um, nahm den leichten Stock zur Hand und ging gebückt aufs Ufer zu, hinter sich das Meer, das zu toben begann.

Ziemlich rasch erreichte er die ersten Packeisblökke und schaute in die Runde. Über dem Meer ballte sich dicker Nebel, als sei in den beginnenden Polartag

28

unerwartet das Winterdunkel zurückgekehrt. Doch das, was er beim Blick nach vorn wahrnahm, ließ ihn vor Schreck erstarren: Die gesamte Eisfläche, die fest und unzerbrechlich gewirkt hatte, befand sich jetzt in der Gewalt der Wellen – das Ufereis war von der Küste abgetrennt.

Goigoi stieg eilig vom Eisgrat ab, löste die erbeuteten Tiere von sich und stürmte zum Wasser, welches ihn vom letzten Eis trennte, das noch mit dem Festland verbunden war. Das Wasser war nicht mehr zu überqueren. Er konnte keinen Gurt mehr bis zum Eisufer werfen, um sich hinüberzuziehen. Auch fand sich kein geeigneter Eisschollenbrocken, auf dem der vom Winde geschaffene Sund zu überdriften gewesen wäre. Goigoi versagten die Beine, als wären seine Knochen plötzlich weich hinweggeschmolzen; kraftlos ließ er sich aufs Eis nieder, direkt am gurgelnden Wasser.

Tin-Tin stand noch immer vor der Jaranga. Sie merkte nicht, wie das Wasser aus der Kelle floß, wie der Wind ihr das leichte Holzgefäß aus den Händen zu reißen drohte.

Sie starrte zu den Eisblöcken, tastete mit Blicken jeden Spalt des Eisufers ab, bis ihr die Augen schmerzten und die Tränen kamen. Jedesmal, wenn sie auf

einen unbekannten dunklen Punkt stieß, glomm
Hoffnung auf, doch mit der einbrechenden Dunkelheit wuchs die Unruhe in ihrem Herzen.

Wo bist du, Goigoi?

Siehst du nicht, wie sich der Himmel verdüstert
hat, wie der Wind aus der Unwetterschlucht über die
frühlingshafte Tundra gerast ist, dunkle Wolken her-
angetrieben hat, wie er von der Küste zum Wasser
geflogen ist, um sich auszutoben über der offenen
Weite, wo nichts seine freie, ungebändigte Bewegung
hemmt?

Was nur ist mit dir geschehen?

Tin-Tin fühlte, daß jemand sie berührte; sie
wandte sich um und sah Piny. Auch er war beunruhigt und blickte finster in die eisige Ferne. Sein Verstand ließ ihn das Schlimmste befürchten. Doch warum? Es gab ja eine Vielzahl einleuchtender Gründe,
die einen Jäger auf dem Meer zurückhalten konnten.
Reiche Beute, der schwierige Weg übers Ufereis,
vielleicht ein kleiner Unfall – vielleicht war er auf
dem Eis ausgeglitten und hatte sich den Fuß vertreten. Oder womöglich ein weiter Weg. Goigoi konnte
einen großen Umweg genommen haben übers
Nördliche Kap oder zu den Felsen. Ehe man von
dort bis zur Siedlung gelangt, ist man so geschwächt,
daß man kaum noch über die letzten Eisblöcke an
Land kriechen kann. Auch konnte Goigoi einem Eisbären begegnen und ihm nachgejagt sein. Das lag ei-

gentlich nahe. Er wollte eine eigene Jaranga einrichten, doch es fehlte noch an vielem, zum Beispiel auch an Eisbärfellen für die Winterschlafstätte.

All diese Überlegungen teilte Piny der verstörten Tin-Tin mit, jedoch seine eigene Unruhe wuchs: Solch ein Wind konnte ohne weiteres das Eis losreißen, das unterm bewegten Frühlingsatem des Ozeans schon morsch geworden war.

»Geh du hinein«, sagte Piny. »Ich steige auf den Hügel und halte von dort Ausschau aufs Meer.«

Tin-Tin gehorchte. Solange sie in Pinys Jaranga wohnte, waren seine Worte und Wünsche für sie Gesetz, so wie für Piny die Worte des ältesten Bruders Këu oberstes Gesetz waren.

Deshalb auch begab sich Piny, auf dem Weg zum Hügel, zunächst in die Jaranga von Këu und sagte ihm, daß Goigoi nicht vom Meer zurückgekehrt war. Für Këu aber bedeutete das Ausbleiben des geliebten jüngsten Bruders nur eines: Der Wind hatte ein Stück vom Ufereis losgerissen und ihn aufs Meer getrieben. Freilich, früher oder später würde der Wind sich drehen, würde von See kommen und die Eisscholle zurück an Land treiben. Aber wie groß war sie, auf der Goigoi sich befand, und wie lange würde der Wind von Land wehen? Und wenn nun Goigoi das tragische Geschick der vielen teilen mußte, die auf dem Meer verschollen waren?

Këu erbebte und verscheuchte mit allen Kräften

diesen Gedanken. Er trat vor seine Jaranga und sah zu dem Hügel, den Piny erklomm.

Auf den ersten Blick hatte sich das Meer nicht verändert. Nur daß unter dem verdunkelten Himmel das Küsteneis eine graue Färbung angenommen hatte und in den großen Schmelzwasserpfützen sich die Sonne nicht mehr spiegelte. Abgerissen war das Eis hinter der zweiten oder gar dritten Packeiskette.

Daran zu denken war schrecklich genug... Këu hatte niemals mit eigenen Augen einen Teryky gesehen, eines der Ungeheuer, in das der Mensch verwandelt wird, wenn eine Eisscholle ihn davonträgt. Es gibt so viele Glaubensdinge, die man übernimmt, ohne sie je an eigener Erfahrung überprüft zu haben. Vielleicht ist all dies nur eine alte Mär aus frühen fernen Zeiten, die sich ebensowenig wiederholt wie die Legende vom Ursprung des Stammes der Küstenjäger? Die Menschen haben den Hang, einen einmaligen Fall zur Regel zu erheben. Das war womöglich auch so, als ein Mensch, auf der Eisscholle davongetragen, sich in einen Teryky verwandelte. Und dann haben die Menschen geglaubt, es werde von nun an immer so sein. O ja, vielleicht ist das nur einmal geschehen und wird nie wieder sein, wie auch die Vereinigung eines Wals mit einer Frau sich niemals wiederholt.

Piny erreichte den Gipfel des Hügels und blickte aufs Meer. Erst gestern abend war er hier gewesen und hatte sich die Konturen des vereisten Ufers, das vom noch schneebedeckten Festland bis zum offenen Wasser reichte, gut eingeprägt. Jetzt sah alles anders aus, als habe jemand mit einem scharfen Riesenmesser ein gewaltiges Stück des Küsteneises abgeschnitten, und dieses Stück sei schon in kleine Teile zersplittert, die aufs Meer hinaustrieben, das unterm starken Wind tobte.

Ja, Goigoi war ins Unglück geraten.

Noch ein letzter Blick auf die weißen Eisschollenbrocken, die am Horizont mit den tiefhängenden Wolken verschmolzen – dann stieg Piny eilig ab zu den Jarangen. Këu hörte ihm aufmerksam zu.

»Wir müssen das Packeis am Ufer durchsuchen … Vielleicht hat er's geschafft, das Wasser zu überqueren … Geh und schau nach, Piny.«

Piny nahm die Schneeschuhe, dazu einen Stock mit scharfer Spitze, so brach er auf zum Meer.

Vor der Jaranga stand unbeweglich Tin-Tin.

Seltsam und erstaunlich war die Beziehung zwischen Goigoi und seiner Frau. Zuweilen, wenn Piny die beiden heimlich beobachtete, regte sich in ihm eine Art Neid, eine ihm selbst nicht verständliche Unruhe, mit Verwunderung gemischt. Zwischen dem jungen Paar fand immerzu ein eigenartiges Spiel statt. Sie sprachen wenig miteinander, schwiegen eigentlich fast immer, und trotzdem führten sie, wie es schien, ununterbrochen ein wortloses Gespräch.

Tin-Tin sagte noch immer nichts, jedoch Piny sah sehr wohl, wie beunruhigt, wie innerlich angespannt sie war, wie in Erwartung eines harten Schlages.

Sie verfolgte ihn mit einem flehenden Blick und blieb noch stehen, bis er hinter der ersten Packeiskette verschwand.

Piny stieß sofort auf Goigois Spuren, die direkt ans offene Meer führten. Kein Zweifel: Goigoi war zum äußersten Rand der Eisscholle gegangen und schaute jetzt, vom Wind fortgetragen, sehnsuchtsvoll zur Küste zurück.

Piny erklomm einen Eisblock und sah sich gründlich um, doch nichts Lebendiges geriet in sein Blickfeld. Wohin sein Auge reichte, herrschte der Wind, der ständig an Stärke zunahm. Wenn der noch ein paar Tage anhielt, würde nichts bleiben vom Ufereis, würde das Wasser die Küste erreichen, die felsige Landzunge, auf der, im schmelzenden Schnee vergraben, das lederne Boot lag.

In der Jaranga von Këu waren die Vorbereitungen zur Beschwörung der Meeresgeister und der Schutzgötter in vollem Gange. Tin-Tin schnitzelte auf eine Holzschale die Opfergabe – wintersüber gedörrtes Renfleisch. Këu kleidete sich frisch an: Er zog ein selten getragenes Hemd aus Renkalbfell an, dazu pelzgefütterte Hosen aus Kamus, dem Fell von Rentierbeinen, und über alles eine weiße Kapuzenjacke, die

Kuchljanka, verziert mit Fransen aus langen ockerge-
färbten Wollfäden.

Über der Feuerstelle wurde das Jarar erhitzt, eine
Art Tamburin, bestehend aus einem Reifen, der mit
gespaltenem Walroßmagen bespannt war. Von Zeit zu
Zeit wurde die erhitzte Haut mit Wasser befeuchtet
und vorsichtig mit den Fingerspitzen berührt, um den
Klang zu prüfen.

Këu als ältester Bruder hatte Zugang zu den Göttern, zu ihren Geheimnissen und Absichten, er konnte
weniger mit Worten als vielmehr durch unhörbare
Meditation mit ihnen in Verbindung treten. Zu gege-
bener Zeit würde all dies auf Piny übergehen, und so
assistierte er schon jetzt Këu, nachdem er kurz über
den Anblick des Meeres berichtet hatte.

Piny lauschte den Beschwörungen, die Këu kaum
hörbar aussprach, und ihm kam der lästerliche Gedanke, daß diese Gebete, Bitten und mahnenden Worte
womöglich besser lauthals geschrien werden sollten,
damit sie weit zu hören seien, damit sie die entlegen-
sten Winkel erreichten, denn wo anders konnten all
diese unirdischen und unsichtbaren Wesen wohnen?

Aus Tin-Tins zitternden Händen empfing Këu die
Schale mit dem Opferfleisch, dann verließ er die Jaranga.

Der stärker gewordene Wind zauste sein Haar auf
dem bloßen Kopf, es fiel ihm in die Stirn und verdeckte die Augen, doch Këu wußte genau, wie er sich

stellen mußte. Zuerst wandte er sich gegen Osten. Von dort kommt der Morgen auf, und an ebendieser Seite des Himmelsgewölbes pickt der Vogel Tageskünder jeden Morgen zuerst ein kleines Loch, durch das die Morgenröte sickert, und erweitert es dann, damit die Sonne aus ihrer Nachthöhle hervordringen und die Erde erleuchten kann.

Winters ist der Vogel Tageskünder schwach und muß sich lange mühen, ehe das Loch groß genug wird für die gedunsene, frostklamme rote Wintersonne. Aber im Frühling und im Sommer! Da steht die Sonne in voller Kraft, und es gibt Tage, da die Scheibe nicht hinterm Horizont verschwindet, sondern sich, kaum daß ihr unterer Rand das Wasser berührt hat, aufs neue zum Himmel aufschwingt.

Nachdem er auch den Süden, den Westen und den Norden mit der Opfergabe bedacht hatte, kehrte Këu in die Behausung zurück und nahm das heiße feuchte Tamburin zur Hand.

Der leise Klang schwamm erst auf den Rauchwogen, die von der Feuerstelle aufstiegen, schlug dann zur oberen Jarangaöffnung hinaus und zerfloß, verlor sich in der winderfüllten Weite.

Die Ursprünge des Liedes gingen im Dunkel der Jahrhunderte unter, und gewisse Wörter und Anspielungen waren unverständlich. Jedoch gerade diese Verse, warum auch immer, übten wohl besonders starke Wirkung auf die Götter aus.

Von Wind ist alles erfüllt, von federndem, starkem,
Auf fliegt ein Fetzen weißer Robbenhaut,
Und die Sonne, beschämt durch ewige Blöße,
Sie hüllt sich darein, verdeckt ihre Strahlen ...
Alles Lebende birgt sich vorm Wetter in seinen
    Höhlen,
Einzig der Mensch sucht im nahen Dunkel das
    Licht,
Denn Dunkel für ewig – das wäre für ihn
    Vernichtung ...
Heimstatt der Vernunft, der immer bewegten
Im All, zwischen Sternen und Felsen der Erde
Rast sie dahin, kennt nicht ihre Bestimmung,
Und entschwindet, Frag' ohne Antwort, im
RAUM ...
Laß doch den Menschen erfüllen, was ihm
    auf Erden bestimmt,
Aber dein Wille geschehe – wir wollen nicht
    hadern.

Piny lauschte und prägte sich jedes Wort ein, gleichzeitig sah er erstaunt und mit brennendem Schmerz in der Brust, wie über Tin-Tins dunkle, vom Feuer angestrahlte Wange ein funkelnder Tropfen rann – eine durchsichtige Träne spiegelte den Lichtschimmer der Glut.

Es ist nicht zu sagen, wie lange Goigoi am Rande der Eisscholle saß, den starren Blick aufs Ufer geheftet, das sich allmählich entfernte und im Nebelschleier verschwand.

In ihm schien alles zum Stillstand gekommen. Nicht einmal Gedanken waren da. Zuweilen kam es Goigoi vor, er sei sich selbst ein Fremder, das Denken habe seinen Körper verlassen und sei hinweggeirrt, verschwunden, zerronnen, mit dem Winde verflogen.

Ringsum wurde alles fahlgrau, als gäbe es nicht mehr die Sonne, das glitzernde Eis und das spielerisch-spiegelnde Wasser. Die ganze Umgebung versank in öder Eintönigkeit, sogar die Geräusche wurden zu einer einzigen gleichmäßig lärmenden Hülle. Mit der tristgrauen Stimmung beschlich ihn dumpfe tristgraue Kälte, sie ergriff zuerst Arme und Beine, dann Brust und Rücken, drang schließlich in seine Eingeweide, bis hin zum Herzen.

Goigoi sah sich wie von außen, betrachtete sich wie von fern, und er spürte Mitgefühl für den Kummer und die Verzweiflung dieses Menschen am Rande der abgetriebenen Eisscholle. Der unbeteiligte Beobachter dachte: Wenn der Mensch dort so starr sitzen bleibt, kann er erfrieren.

Goigoi schrak zusammen und stand auf.

Quälend schwer ließen sich die steifen Gelenke strecken, die abgestorbenen Finger und Zehen regen. Jedoch Goigoi bewegte sich, ertrug mit knirschend zusammengebissenen Zähnen den Schmerz.

Nein, er fürchtet den Tod nicht, aber noch ist für ihn nicht Zeit zu sterben. Er hat doch gerade erst von der echten, wahren Schönheit des Menschenlebens gekostet, hat den Sinn des Menschendaseins auf Erden begriffen – und schon sollte er fortmüssen? Dorthin, ins Vergessen, in jene Welt in der Nähe des Nordlichts? Zu früh. So ist keine Todesbotschaft, die das Schicksal ihm sendet, sondern eine Prüfung: ob er der gewaltigen Freude und Liebe würdig sei, die er durch die Vereinigung mit Tin-Tin gewann.

Noch kann der Wind umschlagen und die Eisscholle zur Küste zurücktreiben. Bis dahin aber heißt es geduldig warten und mit aller Kraft das Leben in sich wachhalten, um vor Tin-Tin nicht als armes Opfer zu erscheinen, sondern als Sieger!

Goigoi ging zu seiner Beute, zerrte die Leiber der Seetiere in die Mitte der Eisscholle, auf eine Stelle, die ihm stabil erschien. Nachdem er den Rest seines gefährdeten Bodens gründlich untersucht und mit Schritten ausgemessen hatte, wurde er etwas ruhiger. Die Eisscholle war nicht groß, aber stabil. Es war kein Stück jungen Eises, das sich erst dieses Jahr gebildet hatte, sondern ein Brocken vom alten Packeis, wie es jahrein, jahraus driftet, den Winden und den Strömungen des Polarmeers folgend.

Allerdings wurde der Wind stärker, und die kalten Wellen schaukelten die Scholle, als wär's ein leichtes Lederboot. Goigoi weidete die Tierleiber aus; von den Häuten, die er mitsamt der Fettschicht abzog, richtete er sich ein Lager. Das war freilich kein weicher Rentierpelz, doch immerhin, durch das Fettpolster eines Meerestieres dringt keine Eiseskälte. Die Nahrung würde lange reichen, und Trinkwasser fand sich auf der Eisscholle selbst – die Packeisblöcke auf ihr waren längst verwittert und hatten fast alles Meersalz verloren… Es blieb nur eines: geduldig auszuharren.

Wenngleich in dieser Jahreszeit die Sonne nur kurz hinterm Horizont verschwindet, so war es doch schon Schlafenszeit – das spürte Goigoi an seiner unermeßlichen Erschöpfung, am trockenen Brennen der Augen. Er ließ sich nieder auf den Häuten, die er aufs Eis gebreitet hatte, und schloß die Lider.

Vor seinen geschlossenen Augen erschien zuerst, zum Greifen deutlich, Tin-Tins Gesicht und weckte Erinnerungen auf dem Grunde seiner zur Ruhe gekommenen Seele. Goigoi strengte sich schmerzhaft an, ihr Bildnis zu bewahren, jedoch es schwand, ging unter im Chaos seiner sich überstürzenden Gedanken… Wie steht es dort, in der Siedlung? Was haben die Brüder gedacht, als er nicht zurückkam? Ob sie schon den heiligen Kult vor den Göttern zelebriert haben?

Dann wandten sich seine Gedanken plötzlich der Vergangenheit zu, den Erzählungen über in Not geratene Jäger. In diesen Überlieferungen war kaum etwas, das Goigoi hätte froh stimmen können. Wer dem Untergang entrann und nach langen, schweren Abenteuern zurückkehrte, war gewöhnlich nicht geneigt, sich über seine Leiden auszulassen. Die anschaulichsten und ausführlichsten Geschichten handelten von jenen, die nicht wiedergekehrt, die für immer in der Meerestiefe verschollen oder im Schneesturm erfroren waren.

Goigoi hatte mehr als einmal gehört, was der Brauch vorschrieb, wenn Jäger bei der Jagd mit dem Boot ins Wasser gerieten: Der älteste und erfahrenste von denen, die im Boot geblieben waren, hatte die zu töten, die sich noch an der Oberfläche hielten, um ihnen weitere Qualen zu ersparen.

Und am meisten ging die Rede von solchen, wie Goigoi jetzt einer war. Lange trieben sie auf dem offenen Meer, von Entbehrung und Hunger gemartert, von Kälte und Leiden zermürbt. Manche kamen direkt ins Jenseits, schwebten durch die Wolken bis dicht zum Nordlicht, zur Wohnstatt der Toten. Andere gerieten in unbekannte Länder, wo ewig Wärme herrschte, wo das Meer niemals zufror und sanft ans Ufer brandete. Wenn solch ein Küstenjäger das Festland betrat, irrte er lange am dürrgrasbewachsenen Ufer zwischen unbekannten Pflanzen und Bäumen umher und mußte vor wilden Tieren fliehen, bis er Menschen traf.

Doch deren Sprache war anders, sie verstanden den unfreiwillig Gestrandeten nicht. Es kam vor, daß sie ihn umbrachten, manchmal auch machten sie ihn zum wortlosen Sklaven, dem bei den Hunden ein Platz zugewiesen wurde.

Selten genug gab es unter diesen Unglücklichen einen, dem das Geschick hold war. Er landete in einer märchenhaften Gegend ewigen Sommers und ewigen Glücks. Er begegnete einer überirdischen Schönen, die gleich am Strand seine Frau wurde und den Jäger in eine weiträumige Jaranga führte, wo sie ihn mit auserlesenen Speisen bewirtete. Kinder wurden geboren, der auf wunderbare Weise errettete Jäger wurde älter, doch in seinem Herzen lebte trotz allem noch die Erinnerung an die verlassene Siedlung, an seine Nächsten, seine Sippe ... Meistens gingen diese Menschen am Heimweh zugrunde.

Die grausigsten Geschichten aber berichteten von jenen, die Hunger und Entbehrungen auf dem Eis durchstanden und schließlich verwilderten, zum Teryky wurden, zum Ungeheuer. Selbst wenn einer wieder ans Ufer gelangte, konnte er nicht mehr unter Menschen leben. Fellbewachsen wie ein wildes Tier, streunte er um die Behausungen, stahl Fleisch, brachte jeden um, der ihm in den Weg geriet ...

All diese Gedanken raubten Goigoi endgültig den

Schlaf. Er erhob sich und ging zum Rand der Eisscholle, um in die Richtung des Ufers zu blicken, das in der Finsternis verschwunden war. Ihm schien, der Wind habe seine Richtung geändert.

In dieser Zeit, da die Natur im Umbruch ist, kommt das häufig vor. Vielleicht hatte dort auf dem Festland der älteste Bruder Këu die Götter gebeten, Erbarmen zu haben und Goigois Rettung zuzustimmen: Wenn es doch so wäre! Und warum eigentlich nicht? Tin-Tin wartete doch auf ihn!

Goigoi nahm seine Pelzmütze ab. In dem kurzgeschorenen Fell war vorn ein ockergefärbter Wildlederstreifen zu sehen. Darauf hatte Tin-Tin mit Rensehne ein durchlöchertes Steinchen aufgenäht, damit Goigoi in der Ferne an sie denken sollte, sobald er die Mütze abnahm. Einen praktischen Nutzen hatte dieser Schmuck nicht. Doch wenn Goigoi sich von der Pelzmütze trennen müßte, würde er zuerst das Stück gefärbten Leders mit dem Stein abreißen, das ihm über alles teuer war, gerade jetzt in dieser grauen, feuchtkalten Ödnis, bei dem zähen, heftigen, feindseligen Wind.

Der kalte Wind machte ihn nicht frieren, sondern ließ Kopf und Gedanken klarwerden. Schluß endlich mit den düsteren Erinnerungen, jetzt hieß es nachdenken, wie zu überleben war, wie als Mensch in die heimatliche Siedlung zurückkehren. Mit aller Willenskraft beschwor Goigoi in seiner Vorstellung das Bild der vertrauten Jarangen …

Zeichen lebendigen Lebens
Zwischen zwei Wassern – Meer und Lagune –
Handvoll schwarzer Jarangen,
   mit Walroßhäuten gedeckt ...
Das ist die Heimstatt des Menschen,
Wohnung derer, die warten
Auf den Jäger, der kommen soll ...
Sei stark und standhaft, Ernährer,
Unbeugsam sei, wenn du der Wildfährte folgst:
Dich erwarten die Mutter, der alte Vater,
   die Brüder,
Dich erwartet auch die, die Teil deines Wesens
   ward ...

Goigoi sprach diese Worte laut aus, sie sollten den anrückenden Nebel durchdringen und die Gespenster aus den alten Legenden verscheuchen. Je deutlicher er hinter sich das sonderbare, furchterregende Knirschen hörte, nach dem sich umzublicken ihm bangte, desto lauter sang er.

Ein Schneesturm im Frühjahr ist oft viel schlimmer als im Winter. Der Orkan ist so stark, daß er schweren feuchten Schnee vom Boden hebt, und wenn ein Schlag von Wind und nassem Schnee das Gesicht trifft, kann ein deutlicher blauer Fleck zurückbleiben.

In solchen Zeiten verkriecht und verbirgt sich alles Lebendige, vergräbt sich im Schnee, sucht Unterschlupf. Auch der Mensch verläßt bei solchem Wetter nicht ohne äußerste Notwendigkeit seine Behausung, er lauscht auf das Knirschen der Riemen, die das Dach aus Walroßhaut halten, auf das Rauschen des Schnees und das Heulen des Windes.

Tin-Tin schlüpfte aus der Jaranga und kroch, ihr Gesicht schützend, zur Vorratsgrube: Man brauchte Walroßfleisch zum Essen und Tran für die Leuchter.

Die Vorratsgrube war von schwerem feuchtem Schnee zugeweht, und Tin-Tin mußte mit Händen und Füßen den Walschulterblattknochen freilegen, der als Deckel diente. Geruch von angetautem Fett und Fleisch wehte ihr entgegen – das vorjährige Walroßfleisch wurde weich gegen Frühjahr. Tin-Tin zog ein Stück heraus und deckte die Grube sorgfältig wieder ab.

Nachdem sie das Fleisch in die Jaranga geschleppt hatte, holte sie Schnee zur Wasserbereitung. Der große Eimer aus dünnem Seehundsleder, undurchdringlich dicht, füllte sich mit Wind und zog Tin-Tin zum Meeresufer. Die Frau fiel hin, doch mit der kleinen Knochenaxt konnte sie sich an einem Schneehaufen festhaken und gewann Halt. Der Wind trieb ihr die Lunge auf, verschlug ihr den Atem. Das erzeugte einen Hustenkrampf, Tränen traten ihr in die Augen, mischten sich mit schmelzendem Schnee, trübten ihren Blick und engten die ohnehin begrenzte Sicht noch mehr ein.

Tin-Tin füllte den Eimer bis obenhin mit schwerem Schnee, danach fühlte sie sich sicherer, nun hielt der Eimer sie am Boden, der Wind konnte ihren leichten Körper nicht mehr fortwehen. Tin-Tin wandte sich vom Wind ab, ihr Atem wurde ruhiger, nun hatte sie keine Eile mehr, in die Jaranga zurückzukehren, sie lauschte dem Donner des Sturms.

Kämest du doch wieder, wie immer du aussehen magst, wenigstens lebend, du mit deiner Stimme, deinem warmen zärtlichen Atem und den Augen, in denen man ertrinkt wie im lauen Wasser der Tundra-Seen im Sommer. Wie muß dir zumute sein so einsam in diesem rauhen Wind, inmitten der Eisschollen, unter denen du die bodenlose Tiefe kalten Wassers spürst, die Finsternis und das Vergessen!

Der Wind heulte mit vielen Stimmen, Tin-Tin jedoch vernahm darin die Antwort Goigois. Wenig war zwischen ihnen ausgesprochen worden, jetzt aber hörte sie deutlich die klare, vom Luftrauschen begleitete Rede ihres Mannes:

Aus weiter Meeresferne, vom Eis, das nach dem Willen der Wellen treibt, strecke ich die Hände nach dir aus, die Hände in den Renfellhandschuhen, die du so säuberlich und fürsorglich nähtest. Sie sind zerrissen, klamm die Finger, von ziehender schwerer Kälte erfüllt, der Frost durchdringt den ganzen Körper, und nur in meinen Gedanken ist noch die Wärme der Erinnerung an deine zärtliche Berührung.

Tin-Tin spannte alle Sinne an, sie hob ihr Gesicht zum Himmel, dorthin, woher Goigois eindringliche Stimme zu ihr kam.

Ich höre, ich hör dich, Goigoi. Da der Wind deine Stimme zu mir trägt, bist du am Leben. Wie froh bin ich, daß deine Brust lebendig atmet, daß warmes Blut in deinen Adern pulst, daß deine Augen, unerloschen, zum festen Land herüberspähen, das du nicht siehst, doch wo ich dich erwarte … Wisse: Ich warte und werde immer warten, bis du leibhaftig wieder vor mir stehst. Wisse, ich werde niemals an dir zweifeln, dich nicht verraten durch den Gedanken an deinen Untergang. Denn wie könnte je sterben, was zwischen uns ist?

Wie bedeutungsvoll war jeder Tag, den wir zusammen lebten, Tin, das begreife ich erst jetzt. Vom allerersten Tage an … Und alles, was ich in mir trage und woran ich mich jetzt erinnere, stärkt meinen Glauben an die Rettung, meinen Glauben an unser Wiedersehen. Auch hier, in eisiger Meeresweite, bist du bei mir, wenngleich der Wind und die Weite des kalten Meeres uns trennen. Hörst du mich, Tin?

Ja, einzig Goigoi nannte sie bei diesem kurzen Namen – Tin. Also war er es!

Ich muß wissen und hören, daß meine Worte dich erreichen, Tin, und alles, was uns jetzt verbindet, ist

kein Spiel der von Leid und Entbehrungen entzünde-
ten Phantasie, sondern wirkliche Verständigung...

Du meine ferne Freude, Schmerz meines beklom-
menen Herzens! Ich höre dich, Goigoi, ich warte auf
dich, hier am Ufer im Orkanwind, und niemand wird
mich glauben machen, du wärst umgekommen. Ich
werde immer, immer warten, und wenn es das ganze
Leben lang ist!

Ohne auf den Schnee zu achten, der ihm ins Gesicht peitschte, lächelte Goigoi.

Piny, durch Tin-Tins langes Ausbleiben beunruhigt,
verließ die Jaranga und kroch los. Er wußte, wo die
Frau den Schnee zur Wasserbereitung zu holen pflegte. Ungern verließ er die warme Behausung, doch in
der Jaranga war man in Sorge.

Es fehlte noch, daß die Frau aufs Meer hinausge-
trieben wurde. Auch das war schon vorgekommen,
hieß es, an dieser Küste, die Stürmen und Winden
offenstand.

Warum eigentlich hatten sie sich solch einen Platz
zum Ansiedeln ausgesucht? Viel besser, sich unter den
Felsen zu bergen oder weiter in die Tundra zu ziehen.
Doch schien diese steinige Landzunge dadurch gehei-
ligt, daß hier der Wal Rëu zum Menschen wurde und
mit einer Frau von der Küste zuerst Jungwale zeugte,
ihm ähnlich, und später Menschen, die künftigen Vorfahren von Piny... Was die alten Überlieferungen

alles erzählen! Sie enthalten soviel Wundersames, daß es immer schwerer fällt, an diese endlosen Verwandlungen zu glauben und an das Überwinden riesiger Entfernungen ohne sichtbare Anstrengung ...

Aber wo ist sie denn nun, diese Tin-Tin? Vor Piny tauchte etwas auf im eintönigen weißen Gestöber, und gleichzeitig hörte er im Heulen des Windes eine menschliche Stimme. Nein, das war nicht Tin-Tins Stimme, die vor Angst schrie und um Hilfe rief. Es war Goigois Stimme, und im ersten Moment freute sich Piny: Also war der Bruder am Ufer, hatte das Festland erreicht, den Heimweg gefunden! Doch als er sich Tin-Tin näherte und in die Runde schaute, sah er den Bruder nicht. Da war nur die Frau, sie klammerte sich an den Ledereimer und hatte den Kopf eigentümlich zurückgeworfen; wie ein heulender Hund, so sprach sie in gedehntem Singsang vor sich hin. Der Wind wühlte in ihrem wirren Haar, das schöne zarte Gesicht war geschwollen, von harten Schlägen treibenden Schnees verunstaltet und blutrot. Ihre Augen, erfüllt von freudigem Wahnsinn, flackerten irr.

»Tin-Tin!« rief Piny.

Sie hörte nicht. Da faßte Piny sie am Ärmel und zog sie näher zu sich.

»Tin-Tin!« rief er dicht an ihrem Ohr.

»Piny!« Tin-Tin erkannte ihn. »Hörst du, Piny, er lebt, er hat mit mir gesprochen.«

49

Piny lauschte. Doch diesmal vernahm er nichts.

Auch Tin-Tin hörte nichts mehr.

»Hast du ihn denn nicht gesehen?« fragte Piny ungeduldig.

»Ich sah ihn nicht, aber ich sprach mit ihm«, erwiderte sie glücklich lächelnd. »Er ist weit draußen, auf einer treibenden Eisscholle. Er hat es schwer, aber er glaubt daran, daß er zurückkommt... Er glaubt daran...«

Also habe ich mir nur eingebildet, seine Stimme zu hören, dachte Piny plötzlich erleichtert, und er faßte Tin-Tin fester am Arm.

Sie konnte kaum gehen. Piny mußte nicht nur den Ledereimer voll Schnee schleppen, sondern auch Tin-Tin. Er preßte den weichen Frauenkörper fest an sich, und plötzlich empfand er, bestürzt und beschämt, heftiges Begehren... Wie konnte das sein? Tin-Tin war doch die Frau seines leiblichen Bruders!

Sie hing an Piny und murmelte glücklich vor sich hin, erzählte, wie sie die Stimme ihres Mannes gehört hatte. »Nun weiß er, daß ich auf ihn warte«, sagte Tin-Tin, und der Wind riß ihr die Worte vom Munde. »Ich habe versprochen, mein ganzes Leben lang zu warten, wenn es sein muß...«

Wenn Goigoi nicht zurück ist, bevor sich das Eis ganz vom Ufer löst, werden wir Totenfeier halten, und du mußt zu Këu in die Jaranga ziehen, dachte Piny bei sich. So will es der Brauch: Wenn ein Bruder umkommt, übernimmt der Älteste die Sorge für die Hinterbliebenen.

Im kälteren Teil der Jaranga war das Feuer am Erlöschen, ein Flämmchen züngelte noch. Tin-Tin schüttelte den Schnee von sich ab, auch aus ihrem Pelzüberwurf und aus ihrem Haar. Hier in der rauchigen Wärme menschlicher Behausung gewann sie allmählich ihr gewohntes Aussehen wieder, das Schweigen und Insichgekehrtsein, das man an ihr kannte. Piny sah sie an, Tin-Tin wurde verlegen und senkte den Blick. Die Erinnerung an das plötzliche Begehren gab dem Mann einen Stich ins Herz. Aus dem Schlafraum, wo die warmen Rentierpelze lagen, hörte er ihren Gesang:

Das Leben ist so reich an Schönem:
Ein blanker Morgen, Freude des Erwachens,
Das Lied des Wassers, wenn es über Steine rinnt...
Lebendig-farbig prangt der Tundra-Herbst,
Und junge Kälber tummeln sich am Bach...
Das Leben ist so reich an Schönem,
Doch nichts ist schöner als die Hoffnung
Auf unser Wiedersehen...

Der Wind ließ nicht nach. Die Eischolle nahm ab, das merkte Goigoi an ihrem stärker werdenden Schaukeln. Zuweilen kam ihm der Gedanke, sein unsicheres eisiges Asyl werde von unten her abgetragen, wo das warme Wasser des frühlingshaften Meeres es angriff.

Seine Kleidung war längst durchnäßt, von Salzwasser durchtränkt. Sie drückte schwer auf seine Schultern und verführte dazu, unbeweglich zu verharren. Doch bewegen mußte er sich. Sonst würde er müde, verfiele in wohligen Halbschlaf, und Goigoi wußte nur zu gut, womit das enden konnte – er würde einfach nicht wieder aufwachen. Im Schlaf würde er schmerzlos über die Wolken entschweben, ohne Aussicht, Tin-Tin jemals wiederzusehen.

Er schüttelte die Schläfrigkeit ab und ging auf der Eischolle umher, dabei dachte er bitter, daß wenigstens keine Gefahr drohe, sich zu verirren oder vom Wege abzukommen auf diesem winzigen, unsicheren Eisinselchen.

Goigoi lauschte jetzt angespannt in den Wind, er hoffte, noch einmal Tin-Tins Stimme zu hören … Doch meist hörte er sich selbst, seine eigenen Gedanken. Das war seltsam und zuerst unheimlich, doch allmählich gewöhnte er sich daran.

Er sprach zu sich von seiner Kindheit, vom wohligen Schlaf im Frühling, wenn ihn in der Jaranga, in den warmen weichen Pelzen, ein Sonnenstrahl weckte. Regenbogenfarben schimmerte es zwischen seinen Lidern, und ungern verließ er das warme Lager, zu gern hätte er den Genuß des Erwachens noch ausgedehnt, doch das Licht rief und lockte. Vielleicht bestand das allmähliche Erwachsenwerden gerade darin, daß ein Knabe sich schlafen legte mit dem Gedanken an den morgigen Tag, an die Zukunft, da er als Gleicher mit den Männern aufs Meer gehen würde, um Nahrung zu erbeuten.

Neidisch hatte er auf die geblickt, die das Lederboot bestiegen und sich aufs offene Meer hinaus begaben, das mit dem Himmel verschmolz. Er erinnerte sich, wie er oft gefragt hatte: Was ist dort draußen? Kann man den Himmelsrand berühren? Was gibt dem Wasser Halt? Warum läuft es nicht über, warum bleibt es von der Küste begrenzt?

Und jedesmal hatte man ihm geantwortet: Werde nur erst groß, dann lernst du alles selbst kennen.

Er wuchs heran und begriff, daß es Fragen gibt, auf die keine klare, einleuchtende Antwort möglich ist, daß eine Vielzahl von Geheimnissen das Dasein des Menschen auf Erden umgibt. Er ahnte dunkel, daß diese Geheimnisse auf seltsame Weise gerade den Urgrund des menschlichen Daseins bilden. Manchmal stützt sich der Mensch auf die stillschweigende Übereinkunft, daß man diese Geheimnisse nicht enträtseln darf, sondern sich zufriedengeben muß mit dem, was ist. Anfangs wehrte sich sein Verstand dagegen, dann gewöhnte er sich daran. Und je weniger Fragen er stellte, um so reifer und erwachsener fühlte er sich. Trotzdem war die Erinnerung an jene Kindheitsjahre mit ihrer wilden Wißbegier für ihn das Schönste, abgesehen von der Zeit, als Tin-Tin in sein Leben trat.

Goigoi hütete sich, dicht an den Rand seiner Eisscholle zu treten. Er hätte es auch gar nicht gekonnt – durch die Eiszacken schlugen Wellen herein und überspülten ihn von Zeit zu Zeit von Kopf bis Fuß. Das salzige Wasser verzehrte die spärlichen Schneereste auf der Scholle, das Eis wurde salzig und löschte kaum noch den Durst.

Wie gut, daß Nahrung da war, so brauchte Goigoi wenigstens in nächster Zeit nicht Hungers zu sterben.

Die Robbe und der Seehund waren ein wahrer Reichtum. Wenn der Wind erst nachließe und die See zur Ruhe käme, würde er versuchen, Feuer zu schlagen und ein Tranlicht anzuzünden – Feuerstein und Zunder trug Goigoi wohlverwahrt in seinem ledernen Jagdsack. Dann würde er auch schlafen können. Das Unwetter konnte doch nicht ewig dauern, irgendwann mußte die Sonne wieder durchkommen. Ein Glück noch, wenn man überhaupt von Glück reden wollte, daß Goigoi im Frühjahr abgetrieben war, in der sonnigen Jahreszeit, und nicht im Winter, da kaum Sonne ist und die Fröste wüten. Wäre das alles im Winter geschehen, so wäre ihm der Tod gewiß.

Goigoi stolperte, fiel, stand wieder auf, doch innehalten wollte er nicht, damit der Schlaf ihn nicht übermannte, ihn nicht einhüllte in süße Benommenheit, die ewiges Vergessen und Befreiung von Unbill, Kälte und Nässe versprach.

Er brauchte nur ein wenig seine Schritte zu verlangsamen, gleich erstarrte die nasse Kleidung und haftete widerlich am Körper. Zum soundsovielten Mal hatte Goigoi nun schon die Eisscholle kreuz und quer abgeschritten, schon ging sein Atem ungleichmäßig, stoßweise ... Er mußte doch einmal ein wenig niedersitzen, einen Happen rohes Fleisch und Fett essen. Sein Magen schrie nach warmem Fleisch, nach heißem Getränk, es konnte jedoch vorerst keine Rede davon sein, Feuer zu machen. O nein, bei solchem Wetter sollte man Feuerstein und trockenes Moos lieber nicht anrühren; sie könnten versehentlich feucht werden, und dann – ade für immer, lebendiges Feuer!

Einmal huschte vor Goigoi ein großer Schatten vorüber, und wider Willen empfand er flüchtig Angst. Er erstarrte und versuchte zu erkennen, was das wohl war. Langsam ging Goigoi zu der Stelle, wo die Beute lag.

An Seehund und Robbe, die vorher ordentlich dalagen, hatte jemand herumgestöbert. Auch die Häute in der Eismulde waren durcheinandergewühlt. Als Goigoi die Tierleiber gründlicher untersuchte, sah er, daß aus der Robbe ein ziemlich großes Stück herausgerissen war.

Zuerst dachte er voller Schrecken, auf seine Eisscholle sei ein Ungeheuer gekommen, ein Kele, der Jagd auf lebendige Menschenleiber macht. Doch dann entdeckte er eine deutliche Spur: Es war ein Eisbär gewesen.

Wie kam der hierher, inmitten des Sturmes und des peitschenden nassen Schnees? Offenbar war er zu lange auf dem Ufereis geblieben, hatte sich nicht rechtzeitig nach Norden abgesetzt, und nun trieb es ihn, genau wie Goigoi, aufs offene Meer. Doch wieso hatte er den Eisbären nicht früher gesehen? Hatte sich das Tier vielleicht zwischen den Eisblöcken verborgen, die Nähe des Menschen scheuend, oder war es, den Fleischgeruch witternd, von einer anderen Eisscholle herübergeschwommen? Goigoi stand eine Zeitlang völlig verwirrt vor seiner Jagdbeute und wußte nicht weiter. Er mußte nun hierbleiben, seine Nahrung bewachen. Also legte er den Speer bereit, nahm sein scharfes Messer und setzte sich auf die Häute.

Kaum entspannte er sich ein wenig, so umfing Müdigkeit sein Bewußtsein, und klare Bilder aus dem früheren Leben, erstaunlich prall, erstanden vor seinen Augen. Deutlich hörte er die Stimmen, die lange vergessene Gespräche wiederholten, Wort für Wort.

Da ist Tin-Tin, mit wehendem Haar läuft sie in die Tundra, und ihr helles Lachen vermischt sich mit den Vogelstimmen, mit dem Klang eines plätschernden Baches. Goigoi eilt ihr nach, er springt von Bülte zu Bülte. Die Erde federt unter seinen Füßen: lebendig, nachgiebig, zuverlässig.

Als Goigoi erwachte, sah er nur den Schatten, der zum Rande der Eisscholle huschte. Er griff seinen Speer und stürzte dem Eisbären nach, jedoch er glitt aus und fiel hin, konnte gerade noch der Speerspitze ausweichen. Der Eisbär war verschwunden, wie aufgelöst in Wind und Schnee. Für alle Fälle wartete Goigoi noch am Rande der Eisscholle, trotz der scharfen Wasserspritzer, die ihm weh taten.

Zu seinem Platz zurückgekehrt, fand er den Seehund nicht mehr. Nur die Robbe war noch da, und auch sie um ein Drittel verringert. In Goigois Brust tobten Schimpf und Verwünschung gegen den Eisbären, aber er wagte sie nicht auszusprechen, mehr noch, es schien ihm lästerlich und gefährlich, sie überhaupt in seinem Bewußtsein aufkommen zu lassen. Deshalb dämpfte er zunächst seinen Zorn, indem er ihn gegen sich selbst richtete, gegen seine Schwäche und Schwerfälligkeit, er haderte mit sich, weil er so leicht den süßen Traumgebilden und Erinnerungen erlegen war.

Aber kaum hatte er wieder auf den Häuten Platz genommen, da ergriff die wohlige Mattigkeit erneut unaufhaltsam von seinem Körper Besitz. Goigoi riß sich die Mütze vom Kopf und rieb mit dem feuchten Pelz heftig sein Gesicht. Schmerzhaft kratzte etwas über seine wunde Haut, und Goigoi ertastete am Ende der Schnur aus geflochtenen Rensehnen das löcherige Steinchen, das dort angenäht war.

Lächelnd streichelte er den kleinen Stein und dachte an Tin-Tins Hände, diese kleinen, fast kindlichen, dabei so geschickten und festen Hände. Das Steinchen beschwor einen neuen Schwall von Erinnerungen herauf, und Goigoi gab sich ihnen selbstvergessen hin, ein Lächeln auf den geschwollenen, spröden Lippen.

Er schrak auf und erblickte dicht vor seinem Gesicht die Eisbärenschnauze. Das Tier atmete heiß und unheilverkündend, seine weißen Zähne blitzten flammengleich im Schneesturm. Mit einem entsetzlichen Schrei griff Goigoi zum Speer und stürzte sich auf die Bestie.

Tin-Tin erwachte von dröhnender Stille. Lange spannte sie im Dunkel der Schlafecke ihr Gehör an, griff sogar nach ihren Ohren – die waren an Ort und Stelle. Da steckte sie vorsichtig den Kopf hinaus in den kälteren Teil der Jaranga und mußte blinzeln. Genau in der Mitte der Jaranga fiel die Sonne durch den Rauchabzug ein und erfüllte das Innere der düsteren Behausung mit dem heiteren Licht eines neuen Frühlingstages.

Der Sturm war in unbekannte Fernen davongebraust, anstelle von Windesdröhnen herrschte nun betäubende Stille. Anfangs hörte Tin-Tin nicht einmal die fröhlichen Vogelrufe und das leise Plätschern des vom Eis befreiten Wassers. Erst als sie die Jaranga verließ und einen Moment vom Blitzen des offenen Meeres geblendet stand, begriff sie: Der Sturm war vorüber.

Das Meer, lichtüberflutet, schimmerte blau. Alles ringsum schien gewachsen, wirkte groß und weit; das unfreiwillige Eingesperrtsein in der Jaranga und ihrer nächsten Umgebung, bis zur unweit gelegenen Vorratsgrube, hatte die Gemüter bedrückt. Jetzt schien es, man brauche sich nur kräftig mit den Füßen von der Erde abzustoßen, schon könnte man fliegen wie ein Vogel, hoch über der steinigen Landzunge mit ihren schmelzenden Schneeflocken, hoch über der Tundra mit ihren vielen kleinen Seen und den aufbrechenden Flüssen und Bächen, die sie durchzogen, hoch über den Jarangen, den weit auseinanderliegenden Siedlungen, den Rentierherden, über den jungen Wölfen und Füchsen, über den Nestern der Vögel.

Von Herzen froh müßte man eigentlich sein, doch die blendende Großartigkeit des Frühlingswetters ließ Tin-Tins Kummer noch stärker zutage treten. Traurig trug sie die Felle aus der Jaranga und hängte sie auf die Gestänge, wo kürzlich noch das Jagdboot gelegen hatte. Heute mußte das Boot zu Wasser gelassen werden.

Këu ging zum Ufer. Voll Wehmut dachte er, daß sie diesmal nicht zu dritt ausfahren würden, sondern nur er und Piny, ohne Goigoi. Es tat ihm aufrichtig leid um den Bruder, nicht nur, weil er ihn, ohne je darüber zu sprechen, liebte, nicht nur, weil Goigoi der Jüngste war und der verstorbenen Mutter ähnlich sah, sondern auch, weil der Bruder ein guter Jäger war, ein Mensch ohne Neid, gut und reich bis in den letzten Winkel seiner Seele. Leid tat es ihm auch, weil der junge Gatte das Leben mit seiner jungen Frau noch nicht recht hatte genießen können, wohl noch nicht einmal ein Kind gezeugt hatte, um seine Spur unter den Lebenden zu hinterlassen.

Piny war schon beim Boot. Vorsichtig, um das straffgespannte Walroßleder nicht zu beschädigen, grub er mit einer Schaufel das Fahrzeug frei.

»Heute können wir das Boot auf dem Wasser erproben«, sagte Piny.

Këu nickte schweigend.

Der Orkan hatte alles Eis vom Ufer abgerissen. Zu ihren Füßen plätscherte das offene Wasser. Das leichte Boot schaukelte auf den Wellen, es hüpfte wie ein Knabe, dem endlich erlaubt wird, ins Freie zu laufen. So ungebärdig und fröhlich war auch Goigoi gewesen. Sie würden noch oft an ihn denken, immer wieder würde er sich, mitten im pulsierenden Leben, in Erinnerung bringen, und was am schlimmsten war – er würde einfach fehlen in dieser Welt, wo das Menschengeschlecht ohnehin so viel geringer vertreten ist als das der Tiere.

Sie beluden das Boot mit der Jagdausrüstung, verstauten die Harpunen, Gurte, Ruder und das Segel, das aus gebleichter dünner Robbenhaut genäht war. Durch das Walroßleder spürten sie das Spiel des bewegten Wassers, man konnte sogar bis auf den Grund blicken und die bunten Steine sehen.

»Vielleicht entdecken wir ihn auf einer Eisscholle«, sagte Piny leise, doch ein strenger Blick des älteren Bruders ließ ihn verstummen.

Das wäre das schlimmste: Wenn sie dem Bruder unterwegs begegneten, hätten sie nicht das Recht, ihn von der Eisscholle zu holen. Entweder müßte er in der Gewalt der Meeresmächte bleiben, die sein Abtreiben ja auch gewollt hatten, oder sie würden, falls sie ihn begnadigten, was wenig wahrscheinlich war, dafür sorgen, daß er ohne fremde Hilfe festes Land erreichte. Und dennoch: Als der leichte Wind das Segel blähte, lenkte Këus Hand am Steuerruder das Boot unwillkürlich zu den Eisschollen hin, die sich weiß vom Wasser abhoben.

Überall regte sich Leben. Entenschwärme strichen übers Meer, die Oberfläche mit den Flügeln beinahe streifend, Kormorane hoben sich schwerfällig vom Wasser und hinterließen lange Spuren, direkt vor der Spitze des segelnden Bootes flatterten Schnepfen auf. Da und dort stiegen schon Spritzfontänen der Wale auf. Die Waljagd sollte bald beginnen. Aber würde sie dieses Jahr erfolgreich sein, da im Boot der dritte fehlte, der am geschicktesten mit der Harpune umzugehen verstand – Goigoi?

Piny sah seinen älteren Bruder an und dachte: Warum schweigt er, warum spricht er nicht über das Wichtigste? Jetzt ist doch der rechte Moment für ein Gespräch unter Männern.

Gewiß, dem Brauch zufolge mußte Tin-Tin zu Këu übersiedeln. Aber sie wohnte nun einmal in Pinys Jaranga. Das war das eine. Noch wichtiger aber war wohl etwas anderes: Piny hatte keine Kinder. Seit vier Jahren war er verheiratet und noch immer kinderlos. Këu hingegen hatte schon zwei.

Aber Këu wirkte abwesend, über Pinys Kopf hinweg schaute er aufs weite Meer.

Vielleicht würde er heute gar nichts sagen. Sicherlich nistete noch Hoffnung in seinem Herzen. Schon wie er zu den Eisschollen hinüberspähte! Dabei wußte er doch: Selbst wenn er Goigoi sähe, dürfte er sich ihm nicht nähern.

Es gab schon Walrosse zu dieser Jahreszeit. Deshalb dachte Këu, als er auf einer Scholle einen dunklen Punkt bemerkte, an ein Walroß und verdrängte den anderen Gedanken mit aller Willenskraft. Und wenn es kein Walroß war, so traf ihn keine Schuld.

Piny hatte ebenfalls den dunklen Punkt auf der Eisscholle entdeckt, doch bei dieser Entfernung ließ sich schwer feststellen, was es war. Er begnügte sich damit, prüfend zum Bruder hinüberzuschauen, der das Steuerruder fest umfaßte.

»Wahrscheinlich ein Walroß«, antwortete Këu auf die unausgesprochene Frage.

»Und wenn nicht?« fragte Piny zitternd zurück.

»Wir sind auf Walroßjagd«, sagte Këu hart.

Es war kein Walroß. Jetzt konnte man es erkennen: ein frühjahrsmagerer Eisbär. Er blickte hilflos um sich.

»Warum nicht«, sagte Këu, »kein schlechter Fang, statt des Walrosses ein Eisbär.«

Piny verstand den Bruder und reffte das Segel.

Der Eisbär blickte dem nahenden Boot entgegen und wich ein paar Schritte zurück auf der kleinen Eisscholle. Die neigte sich unter seinem Gewicht und kippte mit lautem Platschen um.

Ziemlich weit vom Boot tauchte der Eisbär auf. Piny hißte wieder das Segel. Das Boot wurde schneller und jagte dem davonschwimmenden Tier nach. Mit der Geschwindigkeit des leichten Bootes kam der Bär nicht mit. Sein Element war das feste Eis, darum holte das Boot ihn, den ans Laufen Gewohnten, rasch ein. Piny ließ sogar das Segel sinken, damit es nicht beim Zielen mit der Harpune störe. Der Eisbär blickte zurück, die Augen starr vor Entsetzen. Piny holte aus und stieß ohne Anstrengung die scharfe Harpunenspitze in den Körper des Bären. Er brauchte nicht einmal den luftgefüllten Schwimmer ins Wasser zu werfen, er hielt mit der Hand den sich abrollenden Gurt. Der Eisbär tauchte unter, kam aber schnell wieder hoch. In diesem Augenblick traf der Jäger ihn mit dem Speer ins Herz.

»Ein neues Fell für die Schlafecke im Winter«, sagte Këu.

Piny gab es einen Stich ins Herz. Womöglich hatte Këu schon über Tin-Tins Schicksal entschieden und würde sie dem Jüngeren geben: Warum sonst hätte er plötzlich von einem neuen Fell für die Schlafstatt gesprochen? Ein Bärenfell konnte gut und gern die Schlafecke erweitern, wenn die Familie sich vergrößerte.

Piny zog den leblosen Eisbärenkörper ans Boot heran und band ihn fest.

Schon von weitem gewahrten sie lebhaftes Treiben am Wasser – die Bewohner der Siedlung fanden schnell heraus, ob ein Boot leer oder mit Beute zurückkehrte. Alle waren ausgehungert nach frischem Walroßfleisch.

Tin-Tin zählte schnell und heimlich, wieviel Leute im Boot saßen. Es waren zwei, genau wie am Morgen, als das Boot auslief zu den Eisschollen, die weiß am Horizont schimmerten.

Der Bär wurde ans Ufer gezogen, und nachdem das entsprechende Ritual zelebriert war, ging es ans Verteilen. Mit einem scharfen Weibermesser – einem Pekul mit breiter, gebogener Schneide – öffnete Tin-Tin den Leib des Eisbären, nahm die Eingeweide heraus und trennte säuberlich die Leber ab. Dieses Stück Fleisch aßen die Menschen niemals, sie hielten Eisbärenleber für giftig.

Tin-Tin hantierte ganz selbstverständlich mit den Innereien des Tieres, sie hatte, als sie noch in der Tundra lebte, genug Rentiere ausgeweidet und hier an der Küste Robben und Seehunde. Dies war ihr zweiter Eisbär. Der erste war erlegt worden, kurz nachdem sie Goigoi heiratete und an die Küste übersiedelte.

Tin-Tin nahm den Magen heraus und machte sich daran, ihn von seinem Inhalt zu säubern. Und plötzlich wurden ihre Bewegungen langsamer. Ein Strom von Tränen verschleierte ihre Augen, ihre Schultern zuckten, von Schluchzen gerüttelt: Was sie in der Hand hielt, war der durchlöcherte Stein, den sie einst an die Pelzmütze ihres Gatten genäht hatte. Also war Goigoi die Beute des Eisbären geworden.

»Tin-Tin wird übel!« hörte sie, wie durch einen Nebelschleier, Këu rufen. »Wahrscheinlich von der Eisbärenleber.«

Der Eisbär hatte wohl nur die Pelzmütze gewollt, denn er kam nicht wieder, ließ den Mann und die kargen Reste seiner Beute in Ruhe. Allerdings hatte der Kampf mit dem Eisbären Goigoi nicht nur seine Mütze gekostet; auch den Ledersack mit Feuerstein und Zunder hatte er dabei verloren.

Im Halbschlaf verfolgte Goigoi, wie der Sturm sich legte. Zuerst wurden die Windstöße merkwürdig ruckhaft. Zuweilen schien es gar, der konzentrierte Luftstrom bekäme Risse. Die unerwarteten Augenblicke der Stille weckten Goigoi, ließen ihn aufhorchen.

Allmählich dehnten sich die Pausen aus. Manchmal streifte ein sanfter Windhauch Goigois entblößten Kopf. Es wurde hell. Die fahlweiße Dämmerung lichtete sich, wurde schwächer und verging, die Wand aus treibendem Schnee war nur noch dünn.

Und plötzlich brach ein Sonnenstrahl durch. Er war scharf wie eine frischgeschliffene Harpunenspitze, durchdringend und blendend. Er durchschnitt die feuchtkalte Luft, erlosch und blitzte sofort wieder auf, wurde breiter und gewann Helligkeit und Wärme.

Der Wind hatte sich gänzlich gelegt. Die Wellen waren zur Ruhe gekommen, die Eisscholle schaukelte nicht mehr, und die aufkommende Stille wirkte so betäubend, daß Goigoi, sosehr er sich auch mühte und mit sich kämpfte, nichts mehr dagegen machen konnte: Er fiel erst auf die Seite, dann rücklings auf die ausgebreiteten Häute und sank in tiefen, wohligen Schlaf. Ihm träumte von der Kindheit, von der Schaukel aus gegerbtem Walroßleder, die zwischen gewaltigen Walknochen – dem Bootsständer – aufgehängt war. Der Horizont und das Meer, das sich in der Ferne verlor, schaukelten mit ihm – süßes Schwindelgefühl. Auch träumte er von stillen Sommertagen in der Tundra, wo man im kühlen Grase liegt und zum Himmel aufschaut, zu den fernen hellen Wolken. Wenn man lange genug hinsieht, ist es, als würde man selbst zur leichten Wolke und ein unhörbarer Lufthauch trüge einen in unbekannte Fernen.

Goigoi erwachte von einem heftigen Schmerz. Die hochstehende Sonne hatte die salzwassergetränkte Haut seiner rechten Wange derart verbrannt, daß jede Berührung unmöglich war. Er schnitt ein Stück Robbenfett ab und legte es sich aufs Gesicht.

In der weitgespannten Stille hörte er deutlich vielerlei Zeichen lebendigen Lebens: Vogelstimmen, das Prusten von Walfontänen, das Schnaufen eines Walrosses, das auf eine Eisscholle kletterte, das Plätschern einer Robbe, die aus dem Wasser tauchte. All dies drang in Goigoi ein wie heitere, kraftspendende Musik, es weckte in ihm neuen Mut, neue Zuversicht auf Rückkehr zum Festland. Nachdem er sich mit Robbenfett gestärkt hatte, blickte er sich gründlich um, um sich zu überzeugen, daß er wirklich allein auf seiner Eisscholle war, dann unternahm er einen Rundgang auf seiner provisorischen Wohnstätte. Wenige Schritte von seiner Raststelle entfernt fand er eine Wasserlache, die glitzerte in der Sonne. Das Wasser war fast salzlos. Er trank gierig und betrachtete dabei sein Spiegelbild. O ja, Tin-Tin würde ihn nur schwer noch erkennen: entzündete rote Augen, kaum zu sehen zwischen den geschwollenen Lidern, dazu die von Frost und Sonnenglut geschwärzte Gesichtshaut.

Der Sturm hatte tüchtig an der Eisscholle genagt. Sie war jetzt ums Dreifache kleiner. Und die Sonne goß ihre heißen Strahlen herab, und von unten knabberte das sich erwärmende Wasser. Lange würde es nicht mehr gehen. Aber das Ufer war weit. Goigoi konnte es sehen, als schmaler Streifen blaute es am Horizont, die hohen Berge schienen in der Luft zu hängen wie bläuliche lichtundurchlässige Wolken. Und die Vögel flogen dorthin.

Könnte er sich doch in einen Vogel verwandeln, sich mit kräftigen Füßen von der Eisscholle abstoßen und in die Lüfte steigen, zu den Wolken, und weiterfliegen bis zum Ufer, zur frühlingsgrünen Erde! Aber wer aufs Meer abgetrieben wird, der verwandelt sich nicht in einen Vogel. Das hatte Goigoi nie gehört.

Wenn schon Verwandlung, dann in einen Teryky.

Und wenn er nun ein Segel setzte? Heiß überkam Goigoi dieser plötzliche Einfall. Immerhin war die Eisscholle jetzt so klein, daß sie gut und gern ein Boot ersetzen konnte. Und ein Segel konnte er aus den Häuten der Robbe und des Seehunds fertigen. Als Mast genügten vollauf der Stock und die Harpune.

Von Hoffnung beflügelt, ging Goigoi sogleich ans Werk. Es war so warm, daß er das Oberkleid, die Kuchljanka, auszog und seinen bloßen Körper den Sonnenstrahlen aussetzte.

Das Meer lag glatt und still, ohne Anzeichen aufkommenden Windes. Doch der nackte Körper spürte einen leisen Lufthauch. Allerdings, zu Goigois Leidwesen, wehte er von Land. Wenn das so war, würde die Eisscholle langsam fortschwimmen, immer weiter ins Ungewisse abtreiben. Doch wieso eigentlich ins Ungewisse? Hatte er nicht viele Male vom Schicksal solcher Abgetriebener erzählen hören? Daran sollte er sich erinnern und nicht denken, mit ihm geschähe etwas anderes.

Trotz dieser trüben Gedanken errichtete Goigoi den Mast und zog die beiden Häute daran auf. So entstand ein ziemlich großes Segel, und wäre der Wind von See gekommen, so hätte er hoffen können, sich, wenn auch langsam, dem Ufer zu nähern.

Neben der Eisscholle erschien eine andere, kleinere. Erschrocken lief Goigoi zum Rand und mußte einsehen, daß dies ein Bruchstück seiner eigenen

Scholle war. Abermals untersuchte er seinen Zu-
fluchtsort. Ja, die Eisscholle bestand aus zusammenge-
frorenen Stücken alten Eises, und die Nahtstellen, gut
sichtbar jetzt auf der schneefreien Oberfläche, konnten beim Zusammenstoß mit einer anderen Scholle
leicht platzen. Der klare, sonnige Tag war mit einem
Schlag verdüstert – jetzt drohte Goigoi Gefahr aus
anderer Richtung. Und so würde es immer sein, solange er das Festland nicht erreichte. Ihm blieb nur,
um jeden Augenblick Leben zu kämpfen oder aber
sich mit seinem Schicksal abzufinden und ergeben
aufs Ende zu warten. Was konnte er schon tun, so
einsam inmitten der gleichgültigen Natur?

Unwillkürlich warf Goigoi einen Blick auf die
kleine Scholle, die sich abgetrennt hatte, und er begriff: Die Strömung ist ziemlich stark, und die Scholle
scheint Richtung Festland zu treiben.

Wie konnte er nur die Meeresströmungen vergessen! Sie entsprechen nicht immer der Windrichtung,
und ihre Stärke läßt sich schätzen anhand der Eisbal-
lungen im Winter, wenn ganze Eisberge einstürzen
und in Stücke gehen, wenn dicke Eisschichten sich
senkrecht auftürmen und mit gewaltigem Krachen in
sich zusammenfallen.

Wenn die Scholle dem Festland zutreibt, muß man
sich der Strömung überlassen, geduldig ausharren und
seine Kräfte schonen. Goigoi aß ein großes Stück
Robbenfett, zog die Kuchljanka über und legte sich

70

hin. Er lag auf dem Rücken und schaute in den unendlichen Himmel, in dem leichte weiße Wolken schwammen wie Spiegelbilder kleiner Eisschollen. Manchmal schlief er ein, und beim Aufwachen stellte er am veränderten Stand der Sonne fest, daß die Scholle sich, der Strömung gehorchend, wieder gedreht hatte. Er stützte sich ein wenig auf und hielt Ausschau nach dem blauen Landstreifen, nach den Bergen, die bläulich in der Luft hingen, doch sichtbare Veränderungen in ihren Konturen nahm er nicht wahr.

Da beschloß Goigoi, zunächst nicht mehr zum Ufer zu blicken. Erst wenn er lange nicht hingesehen hatte, konnte er Veränderungen wahrnehmen. Vor seinen Augen war nur der riesengroße Himmel, die Höhe, die ihn schwindeln machte. Die Gedanken ans Festland, an Tin-Tin ließen ihm keine Ruhe. Die Sonne, der kaum spürbare Lufthauch taten ihm wohl, die leichte Bewegung schläferte ihn ein, die Zeit schien stillzustehen, nur seine Eisscholle veränderte ihre Lage gegenüber der Sonne.

Ein schrecklicher Schlag riß Goigoi aus seinem Dahindämmern. Er sprang auf. Die Eisscholle hatte sich geneigt, ihr eines Ende ragte aus dem Wasser, als hätte eine Riesenfaust ihren Rand gepackt und versuchte sie hochzuheben, von der Wasserfläche loszureißen. Goigoi sah sich um und erblickte einen Eisberg, der sich auf ihn zuwälzte. Im gleichen

Augenblick spürte er, daß er ins Meer fiel. Er riß sein Messer heraus und versuchte, sich damit festzuhalten, doch die Klinge ritzte nur das Eis und glitt ab. Als er das Messer verloren hatte, sah er vor sich eine gewaltige Wasserwand und fühlte, wie das Wasser, kalt und bittersalzig, ihm in Mund und Nase drang.

Seit der Sturm sich gelegt hatte, ging Tin-Tin gern am frühen Morgen von der Jaranga hinunter zum Ufer. Die Tage waren noch lang, und die Sonne stieg aus dem Wasser, blank, wie frisch gewaschen. Das harte Ufergeröll knirschte unter ihren Füßen, und frischer Meeresgeruch wehte ihr entgegen. Tin-Tin atmete tief, um ihre Erregung zu bezwingen und das Schluchzen zu unterdrücken, das aus ihr hervorbrechen wollte.

Këu ließ sich Zeit mit den Trauerfeierlichkeiten für den Verschollenen. Einmal hatte er auf eine Frage des ungeduldigen Piny geantwortet:

»Wir haben noch viel zu tun – Walroßfleisch für den Winter einlagern, Gäste aus der Tundra empfangen... Die Totenfeier hat Zeit bis zum ersten Schnee.«

Piny erwiderte nichts, doch Tin-Tin spürte, daß er unzufrieden war. Es lag ihm fern, seine Absichten zu verbergen, und die Frau las alles aus seinem Blick.

Am Horizont schwammen Eisschollen. Doch seit

Tin-Tin im Leib des erlegten Eisbären das Steinchen gefunden, das sie einst eigenhändig an die Mütze ihres Mannes genäht hatte, war ihr Glaube an Goigois Rückkehr erschüttert. Einmal noch hatte sie seine Stimme gehört, doch jetzt dachte sie: Und wenn es nur Einbildung war? Jeden Morgen sammelte Tin-Tin am Strand eßbare Algen, Seesterne und kleine Fische. Wenn der Ledersack voll war, beeilte sie sich nicht mit der Heimkehr, sondern setzte sich aufs kühle Ufergeröll und schaute lange aufs Meer.

Sie dachte an ihr Leben mit Goigoi, ließ jeden gemeinsam verbrachten Tag in ihrer Erinnerung wieder auferstehen. Und voller Gram bemerkte sie, daß die Erinnerungsbilder verblaßten, verschwommen wurden, daß sie sich zuweilen schon anstrengen mußte, um ihr Herz noch einmal zittern und flattern zu machen.

Vom Meer her wehte feuchte Kühle und Wehmut.

Tin-Tin zog das durchsichtige löcherige Steinchen hervor, das sie immer am Busen trug, schmiegte es an ihre Wange und flüsterte:

Fort weht der Wind ins Weite, kehrt nicht wieder,
Das Blatt vom Baume, herbstlich gelb,
    es fliegt davon,
Eisschollen treiben, schmelzen in der Ferne,
Doch wem das Herz lebendig schlägt,
    der kehrt zurück …

73

Heim kehrt der Vogel zu seiner Niststatt,
Heim kehrt das Walroß, stoßzahnbewehrt,
  und der graue Delphin …
Warum sollst einzig du nicht wiederkehren?

Und viele Male blickte sie sich um, ehe sie endgültig zu den Jarangen zurückging, als könnte er sie doch noch rufen, sie ansprechen mit seiner unverwechselbaren Stimme: Tin! Nur er hatte sie so genannt. Nicht Tin-Tin, sondern einfach Tin, und das hörte sich an, als klinge ein Stück durchsichtigen Eises, ein gefrorener Strahl vom Wasserfall, ein Eiszapfen – Tin …

Këu folgte mit seinem Blick der Frau, die vom Ufer nach Hause ging, dann schaute er wieder aufs weite Meer, spähte aus nach Walrossen, Walen und Schwalben.

Heute wurden Gäste aus der Tundra erwartet.

Vorübergehend vergaß Tin-Tin ihren Goigoi über der freudigen Erwartung, die Eltern und die Rentiere wiederzusehen, ihrer längst für immer verlassenen Kindheit zu begegnen. Vom frühen Morgen an hatte sie alle Hände voll zu tun: Sie ging in die Tundra, um Wurzeln und Pflanzen zu sammeln, mit denen sie das Gastmahl bereichern wollte – Walroßfleisch, Robbenfett und Walhaut, das war an dieser Küste die ausgesuchteste Delikatesse, Ittilgyn genannt.

Von Zeit zu Zeit hielt sie Ausschau zum fernen Ufer der Lagune, zu den grünen Hügeln, ob sich dort schon die bekannten Renherden und die Spitzen der Nomadenjarangen zeigten.

Ein Knabenschrei lockte sie aus der Jaranga. Da wurde schon das Lederboot von der Meeresseite zur Lagune getragen und zu Wasser gelassen. Und auf den grünen Tundrahügeln, die am Morgen noch menschenleer gewesen waren, brannten Lagerfeuer, und Renherden grasten am Wasser.

»Du fährst auch mit«, sagte Këu.

Eilig kleidete sich Tin-Tin um, sie zog ihr Festkleid an, das sie seit Goigois Weggang nicht mehr getragen hatte.

Mit der Hand das Haar glattstreichend, trat sie aus der Jaranga.

Am Ufer sah sie Piny. Er blickte der jungen Frau mit begehrlichem Lächeln entgegen und hüstelte.

Ein strenger Blick von Këu traf den Bruder.

Von weitem schon erkannte Tin-Tin ihre Verwandten – Vater, Mutter, Bruder. Sie standen wartend am stillen Lagunenwasser, und jeder hielt eine hölzerne Schale mit gekochtem Renfleisch in der Hand. Die Speise war mit Purpurweidenblättern garniert, und die drei Menschen selbst trugen ihre schönste Kleidung.

Tin-Tin wartete ergeben, daß der feierliche Empfang ein Ende nähme und die ewiglangen Begrüßungsreden verstummten.

Die Mutter blickte suchend hinter Tin-Tin, sie

suchte wohl nach Goigoi, das ahnte die junge Frau... Also wußten sie die traurige Kunde noch nicht.

Këu trat vor, nahm von Tin-Tins Vater die Holzschale mit dem Renfleisch entgegen, aß ein Stück, lobte die Speise und fing an zu berichten: wie gut sich die Jagd in diesem Frühjahr angelassen hatte, wie viele Walrosse zur Küste gekommen waren und daß man zu allem Überfluß noch einen Eisbären erlegen konnte, ein junges Tier mit großem Fell.

»Und weiter müssen wir berichten, daß unser Bruder uns verlassen hat. Nicht direkt aus der Jaranga durch die Wolken, sondern als Jäger auf dem Jagdpfad, den gewaltigen Meeresgöttern begegnend... Und eure Tochter blieb zurück, verwaist und verwitwet. Wir aber halten die alten Sitten heilig, die von den Vorvätern auf uns überkamen, wir lassen eure Tochter nicht allein. Dem Brauch zufolge wird sie meiner, des ältesten Bruders, Obhut unterstellt...«

Piny wankte, doch außer Tin-Tin bemerkte es niemand.

Alle waren erschüttert und betrübt über die Nachricht.

»Tin-Tin wird weder Nahrung noch Wärme missen müssen«, fuhr Këu fort. »Es ist gut für sie, daß Goigoi zwei Brüder hat. Gemeinsam werden wir für sie sorgen, sie wird es nicht bereuen, in unserer Siedlung geblieben zu sein.«

Und da begann Tin-Tins Mutter laut und gedehnt zu wehklagen. Die Tochter stürzte zu ihr hin und schluchzte ebenfalls; zum erstenmal beweinte sie Goigoi ganz offen. Piny blinzelte verwirrt, er hatte des Bruders Worte nicht recht verstanden.

Als Tin-Tin die Behausung betrat, die ihr von Kindheit an vertraut war, schluchzte sie abermals los, jetzt weniger vor Kummer als vor wehmütiger Erinnerung an ihre Kindheit, aufgewühlt durch das Wiedersehen, das sie sich oft vorgestellt hatte in der Jaranga an der Küste, die so viel größer, kälter und ungemütlicher war als die leichten Behausungen der Tundranomaden.

Die Mutter strich ihr über den Kopf und versuchte zu trösten: »Sei nicht so traurig... Du hast noch Glück bei allem – zwei Brüder, zwei Männer werden von nun an für dich sorgen. Laß ein wenig Zeit vergehen, dann wird die Erinnerung an den Verschollenen verblassen, du wirst ihn allmählich vergessen und mit einem neuen Mann glücklich werden. Es ist schwer, die einzige Frau in der Jaranga zu sein. Besser, die zweite zu sein, noch dazu jung. Männer lieben junge Frauen.«

Die Mutter sprach aus Erfahrung, denn sie selbst war die zweite Frau in der Jaranga des Rentierzüchters, und der Mann zog sie der ersten, bereits gealterten vor.

»Ich brauche keinen!« erwiderte Tin-Tin heftig.

»Ich werde Goigoi nie vergessen! Nie! Ich bleibe hier, in der Tundra, ich bleibe bei euch, bis Goigoi zurückkommt!«

»Red keinen Unsinn, Töchterchen«, widersprach die Mutter sanft. »Vom Meer kommt keiner zurück, oder wenn doch, dann als Teryky!«

»Meinetwegen als Teryky!« schrie Tin-Tin. »Meinetwegen – Hauptsache, er kommt, mein Goigoi!«

»Erzürne die Götter nicht, Tin-Tin!« Die Mutter war erschrocken. »Lehne dich nicht gegen ihren Willen auf! Weine lieber. Mit den Tränen vergeht der Kummer über den Verlust.«

Unterdessen wuchs draußen vor der Jaranga der Frohsinn eines großen Festes. Da loderten die Feuer, über denen Kessel hingen, da wurden Hufe und Lippen geschlachteter Rentiere abgesengt, junge Burschen legten die Strecke fürs Wettlaufen fest, und einige entkleideten sich bereits für die Zweikämpfe. Die Sänger erwärmten überm Feuer ihre Tamburins, um sie besonders klangvoll werden zu lassen.

Gegen Mittag starteten die jungen Wettläufer in die Tundra. Beim vorigen Mal war Goigoi Erster geworden, worüber sich die Tundrajünglinge sehr verwunderten und erbosten, denn sie galten seit eh und je als unübertroffen im Geländelauf. Andere rangen im Zweikampf bei den Lagerfeuern. Die Hauptsache jedoch stand für den Abend bevor: Gesang und Tänze.

Inzwischen hatte sich Tin-Tin beruhigt, äußerlich schien sie sogar fast fröhlich, und sie ging hinaus, den Ringkämpfern zuzusehen. Piny, mit bloßem Oberkörper, lächelte ihr zu. Er hatte schon zwei Gegner bezwungen und erwartete, seine erhitzten Muskeln massierend, den dritten. Ganz leicht besiegte er noch einen Hirten, warf sich dann eine leichte Kuchljanka aus Hirschkalbfell über und trat zu Tin-Tin.

»Wenn die Tamburinmusik zu Ende ist, fahren wir mit dem Boot heim an unsere Küste«, sagte er.

Bei diesen Worten fröstelte es Tin-Tin. Langsam ging sie von den Feuern weg in die Tundra. Ein junges Rentier folgte ihr. Es beschnupperte ihre Spur und blickte der Frau verwundert nach. Warum ging sie weg von dort, wo alle Menschen hinströmten? Sogar die Tundraläufer eilten den auflodernden Feuern entgegen, entgegen auch dem Klang der Tamburins und den Stimmen der Sänger.

Vom Meeresufer kamen wir zu euch
Mit froher und trauriger Kunde …
Wahrhaftig leben wir, Kinder des Meeres,
Ehren die Götter und opfern ihnen auch
　　Menschen.

Tin-Tin lauschte und erkannte die Stimme von Këu. Er sang laut und ein wenig heiser.

Gezeugt von Menschenfrau und Wal,
Reicht unser Geschlecht hinab in Meerestiefen,
Und auch ihr Tundraleute seid aus ihm entstanden,
Und unsern Reichtum bergen Tundra und
    Meer ...
Beim letzten Strahl der Sonne, wenn sie sinkt,
Brechen wir heimwärts auf, zu unseren Jarangen,
Um mit dem ersten neuen Sonnenstrahl
Aufs Meer zu fahren: hin zu unsern Brüdern ...

Tin-Tin beschleunigte den Schritt, überstieg einen
Hügel und barg sich im dichten Gras am Rande eines
kleinen Sees. Zuerst hörte sie noch den Gesang, doch
dann schläferte die Abendkühle sie ein, sie schlum-
merte.

Das Erwachen war bitter – dicht vor sich sah sie
Pinys Gesicht, von Zorn entstellt.

»Da ist sie!« rief er. »Klar, daß sie hierbleiben wollte!«

»Kleines Dummchen«, murmelte der Vater, verwirrt und schuldbewußt.

Piny packte Tin-Tin derb am Arm und zog sie mit
sich fort wie eine Beute.

Am Ufer waren schon alle zum Aufbruch versam-
melt. Das Boot, mit Renfleisch und Fellen beladen,
schaukelte auf dem Wasser.

»Ich hab sie gefunden!« rief Piny dem älteren Bruder laut und stolz zu.

Këu trat an Tin-Tin heran und sagte: »Solange kein neues Wintereis an unsere Küste kommt, giltst du noch als Goigois Frau.«

Erstaunt blickte Piny seinen Bruder an.

Goigoi schlug die Zähne in den weichen, noch bebenden Körper einer Möwe, dann leckte er seine blutigen Hände ab, würgte und hustete, als ihm Federn in die Kehle gerieten, und Freude erfüllte ihn: Er konnte also noch leben, konnte Vögel fangen, sogar ohne jede Waffe, nur mit ein wenig Geschick …

Die Erinnerung an seinen Sturz ins Wasser erschütterte ihn noch immer.

Zuerst, als er die grüne Wasserwand auf sich zukommen sah, als sie ihm in Mund, Ohren und Nase drang, war er überzeugt, dies sei das Ende, der Übergang ins Jenseits. Er war gefaßt auf Leiden, Schmerz, auf übermenschliche Qualen, doch statt dessen überkamen ihn seltsames Wohlgefühl und Gleichgültigkeit. Die grüne Farbe des Wassers wich einer blendenden Helligkeit, die dennoch den Augen nicht weh tat, und er selbst wurde gleichsam ein Teil dieses Glanzes. Das war so wohltuend, ruhig und schön, daß es Goigoi erstaunte. Der Übergang war offensichtlich kurz. Goigoi sah seinen Vater, hörte dessen gütige Stimme, als sei der Sohn wieder ein kleiner Junge geworden.

Da war eine unsichtbare, aber deutlich spürbare Barriere, hinter der sich der Vater befand, und hinter ihm wiederum erschienen undeutlich die Mutter und andere Verwandte, die irgendwann diese Welt verlassen hatten. »Hast du etwa Tin-Tin schon vergessen?« fragte der Vater. Auf einmal war Goigois Kopf über Wasser, schmerzhaft drang in seine Lunge die feuchte Meeresluft, so heftig und belebend, daß sein Bewußtsein sich augenblicks klärte. Vor ihm war der Rand einer großen Eisscholle. An Einzelheiten konnte er sich nicht genau erinnern; jedenfalls hatte Goigoi die Eisscholle schließlich erklommen.

An ihrem Rande hatten sich bis jetzt die Blutspuren seiner Finger erhalten. Das Blut lockte denn auch Vögel an, besonders diese fetten Möwen, deren eine nun Goigois Beute geworden war.

Mit Mühe trennte er sich vom noch nicht verzehrten Rest und legte ihn aufs Eis: Möglicherweise wurde dadurch ein weiterer Vogel angelockt.

Von der Jagdausrüstung war nichts mehr übrig. Spurlos verschwunden auch das Messer aus glasartigem Stein mit dem beinernen Griff. Die Kleidung hing in Fetzen. Überall schimmerte der nackte, zerkratzte Körper durch. Die Sohlen der weichen Hirschlederstiefel hatten sich gelöst, und Goigoi wandte eine Menge Erfindungsreichtum auf, um sie halbwegs wieder zu befestigen. Beim heftigen Sprung nach der Möwe, die auf dem Eis saß, war die von Nässe morsche

Kuchljanka zerrissen, und auch die Sohlen waren wieder abgegangen.

Das Eis driftete nicht allzu weit vom Ufer, bei klarem Wetter war der bläuliche Streifen Festland gut zu erkennen, ebenso die ferne Bergkette, die in der durchsichtigen Luft zu schweben schien. Doch zwischen der Gruppe driftender Schollen und der Küste breitete sich eine unüberwindbare Wasserfläche.

Es mußten schon viele Tage vergangen sein, denn die Sonne versank nachts im Wasser. Goigoi litt unter der nächtlichen Kälte, und um sich aufzuwärmen, schritt er die Eisscholle ab. Sie war außergewöhnlich stabil, sie würde sich gewiß halten bis zum nächsten Winter, dessen Anzeichen immer deutlicher zutage traten.

Zuerst erschienen diese unerfahrenen jungen Möwen, die keine Furcht vor Menschen hatten. Dann zogen Entenschwärme nach Süden. Sie flogen niedrig, dicht überm Wasser, und Goigoi verfolgte sie mit gierigen Blicken. Die Möwen wurden vorsichtiger, offenbar war auch jene eine nur ein Zufallstreffer gewesen, unerwartetes Geschenk eines barmherzigen Schicksals für den ausgehungerten Jäger.

Manchmal, völlig entkräftet, legte sich Goigoi aufs kalte Eis und erwartete mit geschlossenen Augen den Tod. Er sehnte ihn herbei, er durchlebte noch einmal jenes Erstaunliche, das ihm geschehen war, als er ins Wasser fiel. Mit aller Willenskraft versuchte er, jenes märchenhafte Licht wieder erstehen zu lassen, jenes Leuchten, für das es keine Worte gab, die Ruhe und das Wohlgefühl, mit dem nichts Irdisches zu vergleichen war. Doch wie sich zeigte, kommt der Tod nicht nach des Menschen Wunsch und Willen. Goigoi verging, wurde ohnmächtig – schwankend zwischen Schlaf und Wachen, zwischen Leben und Tod –, doch jedesmal blieb die bittere Ernüchterung nicht aus, Kälte und Nässe brachten ihn immer wieder zu sich.

Goigoi zog aus seinen Fellstiefeln die aus Rensehnen geflochtenen Schnüre und machte eine Schlinge, doch gleich darauf mußte er erbittert einsehen, daß er die Schlinge ja nirgends befestigen konnte. Um Vögel zu fangen, mußte er anders vorgehen: alle Fäden aus seiner Kleidung ziehen und die Fransen mit den Zähnen abreißen. Das reichte für eine ziemlich lange Schnur, die er ganz um einen Eisblock herumschlingen konnte, der auf der Scholle aufragte.

Goigoi legte sorgsam die Schlinge, wickelte sich ein Schnurende um den Finger und ging hinter den Eisblock. In die Mitte der Schlinge, die mit Eisstückchen getarnt war, hatte er ein paar Fetzchen von seiner Kuchljanka gelegt.

Ein neugieriger Wasservogel, die Eisscholle überfliegend, bemerkte die dunklen Pünktchen und begann darüber zu kreisen. Der Mensch erschreckte ihn, aber Goigoi konnte beim besten Willen nicht weiter weggehen.

Vorsichtig ließ sich der Wasservogel auf dem Schollenrand nieder. Langsam näherte er sich der Schlinge, besser gesagt, den Kleiderfetzen. Goigois Herz schlug wild, ihm schien, das Trommeln müsse laut zu hören sein und den Vogel verscheuchen.

Er hielt den Atem an. Jetzt war ein Bein des Vogels innerhalb des Kreises, den die Schnur bildete. Mit tiefem Aufatmen zog Goigoi am anderen Ende und fühlte, wie sie sich spannte. Der gefangene Vogel kreischte laut, versuchte zu entkommen. Schleunigst zog Goigoi ihn zu sich heran, drehte ihm den Hals um, und noch ehe der Vogelkörper zu flattern aufhörte, schlug er ihm die geschwächten Zähne ins warme, saftige Fleisch.

Wie wohl das tat – warmes Fleisch zu essen, zu spüren, wie dem Körper neue Kraft zuströmte, wie der vom Hunger verwirrte Geist wieder klarer wurde. Die ungenießbaren Reste des Vogels legte Goigoi als Lockspeise aus, dann setzte er sich in sein Versteck und verspürte angenehmes Schwindelgefühl: Der eine Vogel hatte ihn nicht gesättigt, sondern seinen Hunger erst recht entfacht. Jetzt erfüllte ihn ungeduldige Entschlossenheit, wenigstens noch einen Vogel zu fangen, um sich endgültig zu stärken.

Es galt zu leben, zu kämpfen galt es bis zuletzt! Schon blies der Wind von Norden, am Horizont erschienen mehr und mehr Eisschollen. Wie ein dichter Schwarm trieben sie dem Ufer zu.

Und wenn sie ihn in der Jaranga gar nicht mehr erwarteten? Und wenn Tin-Tin, dem Brauch zufolge, die Frau des ältesten Bruders Këu geworden war? Nein, das konnte nicht sein, daß sie ihn so schnell vergaßen! Besonders nicht Tin-Tin. Er hatte doch ihre Stimme gehört. Wann war das eigentlich gewesen? In den ersten Tagen seiner Einsamkeit. Und doch – am Ende hatte er das Gespräch nur geträumt? Und in Wirklichkeit lag sie in den Armen des ältesten Bruders und stöhnte vor wonniger Erschöpfung?

Solche Gedanken waren Goigoi früher nie gekommen, er kannte noch nicht dieses dunkle Gefühl, das ihn wie eine riesige Regenwolke ganz und gar überflutete. Er zitterte, er stöhnte sogar vor ohnmächtigem Zorn. In diesem Augenblick haßte er den ältesten Bruder derart, daß er ihn, wäre er plötzlich aufgetaucht, bedenkenlos umgebracht hätte.

Allmählich wurde sein von Haß getrübtes Denken wieder klarer. Nein, dies alles konnte nicht sein. Bis zum neuen Eis, bis zum nächsten Winteranfang galt er noch als Tin-Tins Mann, selbst wenn man schon die Totenfeier für ihn abgehalten haben sollte. Und deshalb durfte er nicht so über Këu denken.

Er wird ans Ufer kommen als Bezwinger der Naturgewalten, er wird in die Siedlung heimkehren – nicht gebrochen, sondern stolz, gereift durch Erfahrung, Leid und Todesnähe. Ja, jetzt weiß er, was das ist – der Weg durch die Wolken, denn er selbst hat diesen unbekannten Pfad fast zur Hälfte durchschritten.

Freilich, sie werden ihn nicht sofort erkennen, sie werden vielleicht sogar denken, da käme ein Teryky – immerhin sieht er schäbig und verwildert genug aus. All seine Kleider sind zerrissen. Auch Bart und Schnurrbart hat er lange nicht gestutzt – mit der Hand tastete er über die derben kargen Stoppeln unter der Nase und am Kinn –, hat sein Haar nicht geschnitten, in langen Zotteln hängt es auf die Schultern und behindert ihm zuweilen den Blick. Jedoch in allem übrigen hat er sein menschliches Aussehen bewahrt, das ist die Hauptsache. Wie herrlich wird das Wiedersehen mit Tin-Tin! Schon der Gedanke daran treibt ihm Tränen in die Augen, und manchmal kommt der Schreck: ob das Herz solch ein Glück ertragen wird?

Es wird... Wenn er hier, auf der Eisscholle, alles ausgehalten hat, geduldig wartend, bis der Wind von Norden kommt und die Sonne hinter den Horizont sinkt, dann wird er wohl auch alles andere aushalten.

Doch die Vögel, als wären sie nun vom Treuebruch des Menschen überzeugt, umkreisten die Eisscholle nur noch in der Ferne, und Goigois hungriger Magen machte sich mit schmerzhaften Krämpfen bemerkbar.

Es wurde Nacht. Nachts kommt nichts geflogen, und also wickelte Goigoi seine Schnur auf und versuchte, sich bequemer zu lagern. Nachts mußte er

schlafen, um Kraft für den kommenden Tag zu sammeln. Vielleicht, wer weiß, würde morgen ein glückli-
cher Tag, vielleicht erwachte Goigoi an der Küste.

Mit Einbruch der Dunkelheit wurde es kalt, aber
Goigoi war schon an die Kälte gewöhnt. Dafür hatte
er wenigstens ein Zeitmaß – die Nacht trennte
Durchlebtes von Künftigem.

Der Morgen war wunderschön – am Rande der
Eisscholle schlief ein junges Walroß. Goigoi traute
seinen Augen nicht, doch es war wirklich ein Walroß,
wahrscheinlich in diesem Frühjahr geboren. Ihm waren noch keine Stoßzähne gewachsen, und seine Haut
schimmerte gelblich.

Goigoi stand auf. Er hatte weder Speer noch Harpune, nicht einmal sein steinernes Messer.

Aber er wollte leben und als Mensch zu Tin-Tin
zurückkehren.

Im Dunkeln, im letzten süßen Morgenschlummer
kommen die Träume, da spürt man ganz deutlich neben sich einen warmen jungen Körper, und man
möchte nicht aufwachen, um den Traum nicht zu
verscheuchen.

Doch plötzlich ging ein Ruck durch Tin-Tins
ganzen Körper, sie stieß die fremde Hand von ihrem
Leib und schlüpfte schnell in den kalten Teil der Ja-

ranga. Sie hatte das Bedürfnis, etwas abzuschütteln oder sich mit frischgefallenem Schnee abzureiben.

Wie lange war es her, daß Frühling herrschte und Sommer – jetzt kamen schon wieder die ersten Vorboten des bevorstehenden langen Winters: Schneeflocken, Nachtfröste, auch der weiße Saum anrückender Eisschollen am Meereshorizont.

Allmorgendlich sah Tin-Tin zu den Eisschollen hin, von deren Näherkommen ihr Schicksal abhing. Noch immer hatte Këu nicht ausgesprochen, wessen Frau sie werden würde. Im ungewissen war auch Piny, und so versuchte er, Tin-Tin mit Gewalt zu nehmen. Die Frau wehrte sich schweigend und hartnäckig, das erbitterte den Mann.

»Worauf wartest du?« fragte er vorwurfsvoll und rückte von ihr ab, um seiner Erregung Herr zu werden. »Früher oder später gehörst du sowieso mir. Këu wird dich nicht in seine Jaranga nehmen, er hat ja schon Kinder. Aber hier ist es leer. Und wir haben dich nicht in unsere Sippe aufgenommen, damit du unfruchtbar bleibst, ein überflüssiger Esser.«

Das war bitter und schwer anzuhören: Wir müssen dich ernähren. Nahrung war nicht leicht zu beschaffen. Auf der Suche nach ihr war Goigoi in des Eises weißer Unendlichkeit verschwunden, deshalb hätte Piny sich schwerlich etwas Schmerzhafteres ausdenken können als den Vorwurf, »überflüssiger Esser« zu sein.

Dabei konnte niemand behaupten, Tin-Tin lege

die Hände in den Schoß. Sie stand früh als erste auf, und bevor Piny sich den Schlaf aus den Augen gerieben hatte, war der ganze vordere Teil der Jaranga bereits erfüllt vom warmen Rauch des angefachten Feuers. Bei feuchtem Wetter ist es schwierig, Feuer zu machen, schwierig auch, es in Gang zu halten: Das Holz, das man nach Stürmen auf dem steinigen Ufer sammelt, ist feucht. Und alles muß vor dem Aufwachen des Mannes geschafft werden: zum Ufer hinuntergehen, Holz sammeln und außerdem eine Handvoll frischer eßbarer Meeresalgen, das Morgenmahl bereiten ...

In letzter Zeit versuchte Tin-Tin, nicht vor Pinys Augen zu essen, doch auch heimliches Essen galt als schwere Sünde. Dabei war Herbst, eigentlich die Zeit des Sattessens vor den langen winterlichen Hungertagen.

Sie erlegten ein Walroß auf seinem Lagerplatz, füllten zusammengerollte Stücke Walroßhaut mit Speck und Fleisch in die Vorratsgruben, holten mit Netzen fette Fische aus der Lagune, fingen mit der Bola junge Enten. In der Tundra gab es viele eßbare Beeren und Pflanzen.

Die geschlachteten Rentiere, die sie von den Verwandten aus der Tundra geschenkt bekommen hatten, wurden unterm Dach der Jaranga gedörrt, wo sie sich mit feuchtem Rauch vollsogen.

Von Tag zu Tag wurde es spürbar kälter.

Das erste, was Tin-Tin sah, als sie aus der Jaranga trat, war ein millionenfaches Glitzern in der Sonne: Da glitzerte der Reif, der über Nacht die Jarangen und die runden Beschwersteine überzogen hatte, da glitzerten die gefrorenen Pfützen, die Uferniederungen der Lagune und das feuchte Kieselgeröll, das unter der Morgensonne freitaute.

Tin-Tin ging nach Wasser zum Bach, der vom häufigen Herbstregen angeschwollen war. Das kalte Wasser sprang mit eisklarem Klingen über die Steine, und die Frau dachte beim Schöpfen traurig: Bald wirst auch du zum Tintin... Von Norden drang unaufhaltsam das andere Eis heran – das Gilgil. Das Gilgil hatte ihr Goigoi genommen, und das Gilgil würde ihr nun einen neuen Gatten bescheren.

In dieser Zwischenzeit, wenn die Walrosse ihren Lagerplatz schon verlassen haben, die Jäger aber noch nicht aufs offene Meer hinaus müssen, bereiten sich die Männer allmählich auf den Winter vor. Das Lederboot liegt noch nicht auf seinem hohen Gestell, aber das Gestell ist schon in Ordnung gebracht und mit schweren Steinen abgestützt, die schlaffen Riemen werden straffgezogen, angefaulte durch neue ersetzt.

Auch das Dach der Jaranga wurde ausgewechselt – man zog die halbzerfallenen Walroßhäute ab und spannte dafür neue auf, noch gelb und fast durchsichtig. An sonnigen Tagen wirkte die Jaranga innen geradezu festlich vom Überfluß an warmem Licht. Das

Fell des im Frühjahr erlegten Eisbären war gut ge-
trocknet. Sie befreiten es von der Fettschicht, walkten
es mit kräftigen Fersen, und dann war es geeignet für
die Schlafstatt.

Nachts rauschten über den Jarangen die Schwin-
gen der davonziehenden Vögel, daß die Menschen
davon wach wurden. Und das Eis kam immer näher.

Rote Sonne – Unwetterbotin,
Weißes Feld vereisten Meeres,
Frühe Kälte zitternder Sterne
Und Schneesturm von der Milchstraße her –
All dies sind Vorboten kommenden Winters,
Winters, der auch in mein Leben einfällt.
Warum ist Frühling nicht wiederholbar?
Warum kann er nicht weiterdauern
Unendlich und ewig…

Piny ging zu Këu in die Jaranga und sagte:
»Das Eis ist da.«
»Es ist noch weit vom Ufer entfernt«, widersprach
Këu. »Aber früher oder später wird es dasein«, sagte
Piny.
»Man muß die Zeit nicht zur Eile treiben, sie
vergeht unabhängig von uns…«
»Es gibt aber Dinge, die vom Menschen abhän-
gen«, beharrte Piny.
»Es gibt Gesetze, die unsere Vorfahren eingeführt

haben«, antwortete Këu schroff, und Piny erschrak über seine eigene Hartnäckigkeit. Damit konnte er alles verderben, und am Ende nähme Këu, mit dem Recht des Ältesten, die ledige Frau in seine Jaranga.

»Ich bin nur in Sorge um die Zukunft«, brachte Piny demütig hervor. »Meine Frau hat keine Kinder.«

»Wer daran schuld ist, weiß man noch nicht«, sagte Këu unbestimmt, womit er Pinys Unruhe verstärkte.

Piny betrachtete das undurchdringliche Gesicht des Bruders, qualvoll bemüht, dessen wirkliche Gedanken und Absichten zu erraten. Anfangs hatte Këu ihm Hoffnung gemacht und sie sogar noch bestärkt, als sie sich in der Tundra mit den Verwandten Tin-Tins, den Renzüchtern, trafen. Ob er es sich anders überlegt hatte und die junge Frau in seine eigene Jaranga holen wollte? Das wäre doch sehr ungerecht, und der aufkommende Zorn ließ Piny sogar husten.

»Trink!« Këu schob dem Bruder eine hölzerne Schale über den Tisch, gefüllt mit heißer Fleischbrühe. »Das reinigt die Kehle.«

Piny riß sich zusammen. Äußerlich ruhig, nahm er vom Bruder die Schale entgegen und trank sie leer.

»Wir müssen noch Holz holen«, sagte Këu. »Mach das Boot klar.«

Sie zogen die Baidara zur Lagune hinüber und ließen sie dort zu Wasser. Um Holz zu holen, fuhren sie zur Meerenge, wo die Strömung immer mächtige Stämme anschwemmte. Diesmal war die Ausbeute gewaltig: Sie packten das ganze Boot voll und nahmen noch ein paar Stämme ins Schlepp.

Die Frauen warteten am Ufer.

Starker Wind trieb das Segel auf, und das schwerbeladene Boot glitt mühsam durchs Wasser der Lagune. Piny lauschte dem Wind mit heimlicher Hoffnung. Und nichts Angenehmeres konnte ihm widerfahren als die Worte, mit denen die Wartenden sie empfingen: »Das Eis ist dem Ufer schon ganz nah.«

Nachdem das Holz ausgeladen und die Baidara an Land gebracht war, sagte Këu: »Sollen deine Frauen das Bärenfell nehmen... Du wirst eine große Schlafstatt brauchen.«

Piny erbebte vor unerwarteter Freude, doch Këu sagte streng: »Aber nicht, ehe das Packeis das Festland erreicht.«

Der Kampf mit dem jungen Walroß, der mit einer Niederlage Goigois geendet hatte, gehörte nicht zu den besten Erinnerungen. Er hatte sich unter Anspannung seiner letzten Kräfte auf das Walroßjunge gestürzt und versucht, sich festzukrallen mit seiner einzig verbliebenen Waffe – den Zähnen. Doch es gelang ihm nicht einmal, den dicken Nacken zu durchbeißen. Das kleine Walroß, noch kein Jahr alt, warf den Menschen mühelos von sich ab und stieß ihm die

Schnauze so heftig in die Hüfte, daß der Schmerz mehrere Tage anhielt. Goigoi flog zur Seite und begriff endgültig, daß er dieses plumpe, auf den ersten Blick so hilflose Tier nicht bezwingen konnte.

Und da spürte er mit Erstaunen, wie über sein Gesicht heiße Tränen rannen, Tränen der Ohnmacht und Erniedrigung, der Schwäche und Enttäuschung.

Das Walroßjunge blickte ihn aus kleinen rötlichen Augen an und dachte gar nicht daran, die Eisscholle zu verlassen; es schien zu wissen, daß dieser Mensch schwach war und ihm keinen Schaden zufügen konnte.

Der Nordwind trieb die Eisschollen vor sich her. Goigoi achtete nicht auf die Kälte, nicht auf den Schnee, der ihm zuweilen die entblößten Körperstellen und das Gesicht peitschte. Hauptsache, das Eis trieb dem Ufer zu. Und an klaren Tagen zeichneten sich jetzt schon deutlich Berge und Hügel und dunkle Felsen ab.

Zweimal konnte Goigoi einen Vogel fangen, doch der Hunger quälte ihn schon weniger heftig. Vielleicht deshalb, weil er ungeduldig den Moment erwartete, da er das Festland betreten würde.

Er maß nicht mehr die Zeit, sondern die Entfernung zur Küste. Das war freilich nicht leicht, denn immer häufiger breitete sich Nebel übers Meer, manchmal so dicht, daß Goigoi nicht einmal den Rand seiner eigenen kleinen Eisscholle sah. In klaren

Augenblicken, wenn die Sonne unruhig die gekräuselte Wasserfläche beleuchtete und ein Strahl flink ins Weite eilte, den Horizont zu durchpflügen, stellte Goigoi befriedigt fest, daß die Küste spürbar näher gekommen war und er schon da und dort weiße Streifen nicht weggetauten vorjährigen Schnees erkennen konnte.

Strömung und Wind trugen die Eisscholle ganz von selbst dem Festland zu, doch sonderbare Gedanken begannen Goigoi heimzusuchen. Er dachte beunruhigt, daß es ihm nun schwerfallen würde, sich wieder ans Leben eines Küstenmenschen zu gewöhnen, an den gleichmäßigen Wechsel von Jagd, Essen, Schlafen, der das Leben auf dem Festland ja doch bestimmte. Der Wert all dessen schien von hier aus zu nichtig, um das hartnäckige Dorthinstreben zu rechtfertigen. Nur Tin-Tin... Um ihretwillen wollte er gern die Augen verschließen gegenüber allem Gewöhnlichen und Kleinlichen, welches das Leben der Küstenmenschen ausmachte.

Einmal mußte Goigoi die Wand aus Eis ein Stück weiterrücken, die ihn gegen den durchdringenden feuchten Wind abschirmte. Während er sich mühte und Ströme von Schweiß vergoß, wurde ihm klar, wie geschwächt er war. Er begriff, daß auch diese Gedanken über die Nichtigkeit des Lebens auf der Erde ihn aufgerieben, die letzten Reste seines Widerstandswillens verzehrt hatten. Wie hinterhältig sind doch jene

Mächte, die ihn durch die Wolken fortziehen wollen, wie findig sind sie im Ersinnen aller möglichen Winkelzüge. Und nun kam zu allem noch die Versuchung durch bittere Grübeleien über die Nichtigkeit des Lebens, in das es ihn so stark zurückzog.

Das Ufer aber kam näher und näher. Und je näher es kam, desto mehr spürte Goigoi den Verfall seiner Kräfte, die er mit nichts mehr erneuern konnte. Die Vögel waren in wärmere Länder gezogen, die jungen und alten Walrosse hatten sich auf ihre Winterplätze begeben.

Eines Tages beim Aufwachen sah Goigoi das Ufer ganz nah. Jetzt erkannte er deutlich den vorjährigen Schnee, von der Sonne leicht angegraut, die grellgrünen Streifen noch nicht verwelkten Grases und das Glitzern der Bäche. Festlandsvögel schrien. Dennoch war zwischen den Eisschollen und dem Ufer noch viel offenes Wasser.

Gegen Abend fiel Schnee, Goigoi aber war durch die Nähe des festen Landes so hochgestimmt, daß er die Kälte gar nicht wahrnahm. Er schlief ruhig und lange auf dem Eis, und am Morgen erhob er sich gekräftigt und von einer ihm bislang unbekannten inneren Sicherheit und Ruhe erfüllt. Wirklich, weder Kälte noch Hunger machten ihm noch etwas aus. Nicht, daß er sich satt gefühlt hätte, aber die Empfindung ausdörrenden Hungers war verschwunden.

Der Wind blies gleichmäßig von Norden. Goigoi

sah dem Land entgegen und entdeckte bekannte Stellen. Unter diesen Felsen dort hatte er als Kind Vogeleier gesammelt. Und dort, links des Felsens, der ins Meer hineinragte, hatte er zum erstenmal auf dem Eis eine Robbe mit der Harpune erlegt. Das war seine erste Jagdbeute gewesen. Damals lebten Vater und Mutter noch.

Mutter hatte die Robbe direkt vor der Wohnstatt ausgeweidet und ihrem Sohn die Stirn mit Opferblut bestrichen. So lief Goigoi dann den ganzen Tag herum, stolz auf dieses Mal des Jägers, wenn auch das verkrustete Blut die Haut spannen machte.

Und dort oben, wo über den Felsen grünes Gras zu sehen war, gab es sicherlich noch späte Beeren und Sauerampfer.

Nur ein paar Tage noch, dann würde Goigoi die Erde betreten, an dem vertrauten Ufer entlang übers geschmeidige kühle Kieselgeröll gehen, in die weiche Tundra laufen und sich ins Gras legen ... Warme weiche Erde. Welche Wohltat, sich auf ihr hinzubreiten, die in langen Sommertagen gespeicherte Wärme zu spüren, das Gesicht im Gras zu bergen!

An Goigoi zog sein Leben vorüber, das er in dieser Gegend verbracht hatte, er erinnerte Sagen und Legenden, die mit diesem Stück Erde verbunden waren. Dort, beispielsweise, ragen Walfischknochen auf. Es heißt, unter ihnen lägen die sterblichen Überreste der FRAU VOM WEISSEN MEER, ebenjener, die des WALS

Gattin war und das Geschlecht der Küstenjäger be-
gründete.

Das ist sie, die vertraute warme Erde ...

Es blieb nur noch ein schmaler Streifen freien
Wassers. Dort bäumte sich die Brandung steil auf und
fiel aufs Ufergeröll, das von frischgefallenem Schnee
bedeckt war. In den letzten Augenblicken, bevor er
das Land betrat, dachte Goigoi überhaupt nichts. Für
ihn existierte nur die ersehnte Erde, das steinige Ufer,
das allmählich in die Tundra überging. Da und dort
war zwischen Küste und Meer schon eine Eisschicht
gewachsen, doch darüberzugehen war noch gefährlich – zwischen den Eisschollen plätscherte eisiger
Brei. Wenn er dorthin geriete und versänke, käme er
nicht wieder hoch. Lieber noch etwas warten. Nach
so vielen Leiden und Qualen wäre eine Niederlage
auf dem allerletzten Wegstück gar zu bitter. Lange
stand er unentschlossen, während der Abstand zwischen Ufer und Eisscholle schon so gering war, daß er
ihn einfach hätte überspringen können. Aber Goigoi
wollte ganz sicher gehen, deshalb betrat er das Festland gelassen, mit nur einem Schritt über den schmalen Wasserspalt.

Kaum hatte er das Ufer betreten, da spürte er
solch eine Erschöpfung, daß er nicht gehen konnte.
Er fiel auf die Knie und kroch weiter. Kroch bis in die
neuschneebedeckte Tundra, fiel auf gelbliche Grashal-
me und begann zu weinen. Da Durst ihn quälte, such-

te und fand er eine von dünner Eisschicht überzogene kleine Lache, zerschlug das Eis und stürzte sich mit ausgedörrten Lippen auf das nach Moos riechende gelbliche Wasser. Er trank mit geschlossenen Augen, nur manchmal innehaltend, um zu verschnaufen. Nachdem sein Durst gelöscht war, sah er sein Spiegelbild und… fuhr zurück! Er konnte den eigenen Augen nicht trauen! Vorsichtig, um den Wasserspiegel nicht durch seinen erregten Atem zu kräuseln, beugte er sich abermals über die Lache, und ein Entsetzensschrei entfuhr ihm: Ihm entgegen blickte das mit hartem Fell bewachsene Gesicht eines Teryky – eines Ungeheuers.

Immer noch ungläubig, streifte Goigoi die Fetzen seines Ärmels hoch, doch auch die Arme waren fellbewachsen. Er untersuchte seinen ganzen Körper, und überall sah er dasselbe – kurzes dichtes Fell. Darum also hatte er die Kälte nicht mehr gespürt!

Goigoi verbiß die Zähne ins Fell auf dem Arm und versuchte es abzureißen, doch es saß fest. Verzweifelt hob er den Kopf zum tiefhängenden Himmel, den fallenden Schneeflocken entgegen, und weinte laut und heulend, daß es weit durch die stille Tundra hallte, die langsam ihr weißes Wintergewand anlegte.

Die Wölfe heulen, dachte Piny und lauschte. Er kroch aus der Schlafecke ins Tschottagin, wo Tin-Tin, vor Tau und Tag aufgestanden, bereits hantierte. Piny betrachtete die junge Frau und zügelte sein wachsendes Begehren – kein Grund mehr zur Eile, das Eis war schon an der Küste.

Je näher der ersehnte Tag kam, desto behutsamer und zärtlicher wurde Piny. Seine Veränderung fiel auch Tin-Tin auf, aber sie war darüber nicht froh. Im Gegenteil, sie ahnte, daß sich hinter dieser scheinbaren Stille der Sturm vorbereitete, der ihr Leben zerbrechen würde, indem er die Erinnerung an Goigoi verwischte und die Hoffnung auf seine Rückkehr erschlug.

Piny verließ die Jaranga und ging zum Ufer hinab. Das Eis war heran, aber noch nicht fest, der gewaltige Atem des Ozeans wiegte die weiße Oberfläche. Schnee fiel, schräg und feucht. Alles versank in einem grauweißen Schleier. In dieser eng begrenzten Sicht war es ungemütlich, zum Frösteln.

Auf dem feuchtbeschneiten Ufergeröll lagen zerquetschte Muscheln, Seesterne und viele kleine Fische. Piny hob ein paar Fischlein auf und aß sie, wobei er die Köpfe weit fortspuckte. Es wurde Winter, schwierige Zeit für die Küstenjäger. Nun würde die Wärme gewaltig abnehmen, nicht nur im Freien, sondern auch in der Jaranga. Doch gibt es auch winters manch herrliche Tage, die das Herz erfreuen. Und in den dunklen stillen Nächten leuchtet am Himmel das Nordlicht – Zeuge des Wirkens jenseitiger Kräfte, Kunde aus ferner Welt, in der diejenigen leben, die durch die Wolken gegangen sind. In diesem Winter wird dem Farbenspiel ein neuer Strahl hinzugefügt sein: der von Goigois Leben. Von dort, aus der für Irdische unerreichbaren Höhe, wird Goigoi das Leben der auf der Erde Zurückgebliebenen verfolgen, wird er zusehen, wie seine Frau Tin-Tin sich neben ihn, Piny, aufs Renfell bettet.

Piny schlug das Gewissen, sein Atem stockte, er blieb stehen. Hier mußte ein Tier gegangen sein – vom feuchten Wind halb verwehte Spuren führten vom Eis in die Tundra. Vielleicht ein früher Eisbär, der sich auf den driftenden Eisschollen verirrt hatte, wie damals der im Frühling, und ans Ufer gekommen war, vielleicht auch nur ein Hund. Oder, höchstwahrscheinlich, der Wolf, dessen Geheul Piny geweckt hatte.

Im Winter haben es die Tiere auf dem Festland schwer. Wie sie sich auch tarnen, der weißen Tundra anpassen mögen – ihre eigenen Spuren verraten sie doch. Alles Lebendige hinterläßt eine Spur auf dem Weiß, sogar die Vögel. Und wenn der Jäger ein scharfes Auge hat, entdeckt er jedes Tier in der verschneiten Tundra.

Piny verfolgte gern das Wild. Man jagt ihm nach,

und das Gejagte spürt, daß es gejagt wird. Es flüchtet schneller, schlägt Haken, sucht die Spur zu verwirren, verbirgt sich, der Jäger aber kommt unaufhaltsam näher, wie das Schicksal. Solange er dem Wild nachjagt, ist eine neue, unbekannte Kraft in ihm, die ihn treibt und keine Ermattung aufkommen läßt. Er wächst gewissermaßen über sich hinaus. Das ist schönstes Erleben: die Furcht, die das Verfolgte erfaßt, und das Wissen, Ursache dieser Furcht zu sein. Die Angst vernichtet das Tier, es wird hilflos, und wenn man es erreicht hat, liest man aus seinem irren Blick die eigene Größe, die eigene Macht. Oh, wie stark ist man dann! Welch ein Genuß, in sich solche Stärke zu spüren, die Leben vernichten oder schenken kann!

Durch diese Gedanken veränderte sich jetzt auch Pinys Schritt, sein Blick wurde klar, und in ihm entflammte Jagdfieber. In diesem Winter würde er unermüdlich sein. Er wollte für Tin-Tin die weichsten und wärmsten Felle erbeuten – vom weißen Hermelin, vom roten Fuchs, vom Polarwolf und vom flaumhaarigen Vielfraß. Schöner als alle sollte sie gekleidet sein, alle sollten sie heimlich beneiden. Solch heimlicher Neid macht eine Frau auch zärtlicher... Pinys Überlegungen erhöhten ihn in den eigenen Augen, er verehrte sich geradezu selbst, und der Vergleich mit dem älteren Bruder fiel keineswegs zu dessen Gunsten aus. Er erinnerte sich, wie viele Polarfüchse und Rotfüchse er im vorigen Winter erlegt hatte, wie lange er einem Polarwolf nachspürte und ihn, ungeachtet des schlimmen Wetters, schließlich doch erjagte, wie er mit dem Knüppel einen Vielfraß erschlug, der sich in einer Schlinge verfangen hatte. Ehrlich, Piny stand Këu in nichts nach, war ihm vielleicht sogar in manchem überlegen. Zum Beispiel war er jünger und ausdauernder. Allerdings verdient allein das Ältersein besondere Ehrerbietung, und es versteht sich von selbst, daß, wer schon länger gelebt hat, den Jüngeren nicht nur an Wissen übertrifft, sondern auch sonst viele Vorzüge genießt. Sein Wort ist Gesetz ... Aber ist das wirklich gerecht?

Piny zerrte welke, halberfrorene Meeresalgen unter dem Schnee hervor und hängte sie sich über den Arm, über den wasserundurchlässigen Ukkentschin, der sorgfältig aus gutgesäuberten und getrockneten Walroßdärmen genäht war. Plötzlich fiel Piny ein: Der Ukkentschin gehörte ja Goigoi, und eigentlich sollte man nicht die Kleidung eines Menschen tragen, der offiziell noch nicht als tot galt.

Doch sein Gewissen kam schnell wieder zur Ruhe – daß Goigoi nicht mehr am Leben war, konnte nur ein Wahnwitziger bezweifeln. Und dem rechtmäßigen Anspruch Pinys auf Tin-Tin stand nichts mehr im Wege: Das Eis hatte die Küste erreicht, es bedeckte die gesamte Wasserfläche und kündete mit seinem Weiß vom Anbruch des Winters, der Zeit der Schneestürme, Fröste und der langen Nächte.

Piny ging zurück. Als er die Höhe des steinigen Ufers erklomm, sah er Këu, der aufs weiße Meer hinausblickte.

»Heute machen wir die Befragungszeremonie«, sagte Këu.

Das gab Piny einen ärgerlichen Stich ins Herz – die Befragungszeremonie wurde veranstaltet, wenn ein Verstorbener sich noch in der Jaranga befand, für seinen weiten Weg gekleidet. Hier jedoch wußte niemand, wo Goigois Körper war. Aber offenbar konnte Këu sich schwer mit dem Gedanken an den Tod des Bruders abfinden, er suchte wohl jeden möglichen Halt, um nur nicht aussprechen zu müssen: Ja, Goigoi, du bist für immer von uns gegangen.

Die Befragungszeremonie fand in Pinys Jaranga statt, wo Goigoi gelebt hatte und wo, wäre er in der Jaranga gestorben, sein Weg durch die Wolken begonnen hätte. Da sein Körper fehlte, hatte Këu eine Art Puppe aus Goigois früherer Kleidung hergerichtet; den Wahrsagestab, der alltags zum Gerben von Fellen diente, schob er unter deren Kopf, welcher aus einer Mütze bestand, in die die trauernde Tin-Tin warme Renfellhandschuhe gestopft hatte.

Këu fragte nach den Ursachen des Todes, nahm schweigend die Antworten entgegen, die mal zustimmend, mal verneinend waren, je nachdem, ob der Mützen-Kopf sich leicht oder schwer hob, er wollte auch wissen, ob der Entschwundene den Lebenden

nichts nachtrage. Alle Antworten waren zufrieden-
stellend.

»Und wem überläßt du deine Frau Tin-Tin?«

Diese Frage, übermäßig laut gestellt, ließ Tin-Tin
und Piny erbeben; unwillkürlich sahen beide einander
an.

Doch es kam keine Antwort, denn die Frage war
falsch gestellt.

Da fragte Këu: »Überläßt du deine Frau, dem alten
Brauch zufolge, dem ältesten Bruder?«

Der Wahrsagestock schien am Boden aus Walroßleder festzuhaften, die Mütze mit den Renfellhandschuhen drückte ihn nieder.

»Vielleicht aber willst du, daß dein kinderloser
Bruder Piny deine Frau erben soll?«

Diesmal hob sich der Stock leicht.

Piny konnte seinen Triumph kaum verbergen. Er
nahm gar nicht mehr wahr, daß der durch die Wolken
Entschwundene ihm auch noch Speer und Messer
vermachte.

»Nun gut«, sagte Këu. »In der zehnten Nacht
kannst du Tin-Tin nehmen.«

Ja, so nannte sich das: die Frau nehmen. Auf Tin-
Tin bezogen, klang es ein wenig komisch, doch Piny
unterdrückte sein Schmunzeln und nickte schweigend.
Alle konnten sehen, wie würdig er sich hielt, und
wenn es auch vorher schon Versuche seinerseits gegeben hatte, die Frau zu nehmen, so hatte seine Vernunft

doch immer die Oberhand behalten. Nun war seine Stunde nah. Und alles, was er tun würde, würde er im vollen Bewußtsein tun, daß das Recht auf seiner Seite war, und mit der gründlichen Überlegenheit, ein richtiger Mann zu sein.

Tin-Tin begriff sehr wohl die Bedeutung der Befragungszeremonie. Dies war die letzte Grenze, hinter der es für sie keine Zuflucht mehr gab, wo sie wenigstens in Gedanken Hoffnung hegen könnte. Nun war ihr auch die Hoffnung verlorengegangen.

Um ihren Gedanken zu entfliehen, betäubte Tin-Tin sich mit Arbeit, sie kümmerte sich um alles, und Piny nahm dies als Zeichen ihrer Ergebenheit ins Schicksal, als Unterwürfigkeit und als das Streben, die wichtigere seiner Frauen zu sein. Er gab ihr die besten Felle für den Ker-Ker zum Winter, er wies ihr einen Platz zu in der rechten Ecke des Schlafgemachs, möglichst nahe am Hauptpolster.

Tin-Tin aber, wenn sie nach Wasser ging, entfernte sich immer weiter in die Tundra, auf der Suche nach noch nicht zugefrorenen Bächen. Während sie den Ledereimer auf einem Schlitten mit Kufen aus Walroßhauern hinter sich herzog, bedeckte sich das schwappende Wasser mit einer dünnen Eisschicht – mit Tintin, dem durchsichtigen spröden Süßwassereis.

Sie entfernte das Eis und dachte darüber nach, daß auch sie selbst außen und innen allmählich mit solch frostglitzerndem Tintin überzogen würde. Manchmal

fürchtete sie, bei einer plötzlichen Bewegung zu zerbrechen, zu zersplittern wie ein Eiszapfen, der vom
gefrorenen Strom abgerissen wird. Könnte sie doch
nach Tintin gehen und nicht mehr zurückkehren,
einfach durch die zugefrorene Tundra gehen bis zur
Siedlung ihrer Kindheit und dort bleiben... Warum
war gerade ihr solch ein Geschick zugefallen: das
Glück zu finden und gleich danach zu verlieren und
für das verlorene Glück härteste Strafe einzuhandeln?

Tierspuren. Sie führten durch die schneebestäubte
Tundra, über Seen, die unter der Schneedecke träum-
ten, über erstarrte Flüßchen bis zu den stillen Hügeln,
die die erlöschenden rosafarbigen Strahlen der unter-
gehenden Wintersonne überragten. Hier war ein Hase
gelaufen, dort ein Fuchs geschnürt, ein Polarfuchs
hatte heimlich einen Lemming verfolgt... Doch dies:
eine völlig unbekannte Spur. Was war das für ein Tier?
Fast wie menschliche Fußstapfen und trotzdem irgendwie seltsam...

Unwillkürlich streifte kalte Angst den Körper, der
doch vom pelzenen Ker-Ker eingehüllt war, und Tin-
Tin wandte sich zur Rückkehr in ihre Siedlung.

Der Entschluß zu sterben führte Goigoi zur Steilküste überm allmählich zufrierenden Meer. Die frost-
harten Moosblüten gaben dem sich Anklammernden

Halt, und er erklomm die höchste Stelle, um sich von dort hinabzustürzen auf die scharfen Eisbrocken unter den schwarzen Felsen.

Seit er seine Verwandlung erkannt hatte, war der Wunsch, Tin-Tin wiederzusehen und in die heimatliche Siedlung zurückzukehren, dem festen Entschluß gewichen, für immer aus dem Leben zu gehen. Es konnte keine Rede davon sein, sich in dieser Gestalt vor den Menschen zu zeigen. Die Menschen töteten einen Teryky, wann immer sie einen erwischten. So jedenfalls hieß es in den alten Sagen.

Während er zur Steilküste hochkletterte, empfand Goigoi zu seiner Verwunderung eine seltsame Zwiespältigkeit. In dieser mit kurzem Fell bewachsenen Gestalt schienen gleichsam zwei Wesen zu existieren, und während das eine fest entschlossen war zu sterben, sperrte sich das andere durchaus dagegen. Vorsichtig lief Goigoi am Rande der Steilküste entlang, beinahe besorgt, nicht zufällig abzustürzen; bei allem blinden Gram hielten sich in ihm eine erstaunliche Wachheit des Denkens, Umsicht und Klarheit des Handelns.

Von hier oben war die Siedlung gut zu sehen. Die zwei Jarangen standen auf der langen steinigen Nehrung, die der Schnee dem eisbedeckten Meer und der zugefrorenen Lagune anglich. Dort glomm das Leben, das ihm fremd geworden, zu dem ihm der Weg für immer abgeschnitten war. Von den Dächern stieg Rauch, manchmal blinkte Feuer in der aufkommenden Dämmerung. In der Abendstille drangen Stimmen und Hundegebell in Goigois geschärftes Gehör.

Von alldem, von der ganzen ihn umgebenden Welt mußte er für ewig fort. Es hatte ja keinen Sinn mehr, zu bleiben, denn ein Teryky hat keinen Platz im Leben. In der ganzen riesigen Weite gibt es kein Fleckchen für einen Verwandelten, Unglücklichen, Verdammten! Selbst die Polarmaus, wenn sie dem Fuchs und dem Wolf entkommt, selbst die Krähe, der Hase, der Braunbär und der Eisbär – sie alle finden ihren Unterschlupf. Nur ein Teryky nicht. Allem, was auf der Erde lebt und existiert, ist ein Teryky fremd.

Welch bitterer Gram, für immer diese Welt zu verlassen, diese klare Weite, die ins Bewußtsein dringt und einen über die Erde zu erheben scheint. Aber es muß sein!

Goigoi blickte nach unten, und leichter Schwindel erfaßte ihn: wie tief! Sollte er wirklich nicht die Kraft aufbringen, die zwei Schritte bis zum Rand zu tun und seinen behaarten Körper auf die scharfen Eisschollen zu stürzen? Er, der Meeresströmung, Hunger und Wahnsinnseinsamkeit widerstanden hatte?

Er sah sich schon zerschmettert unten liegen, sah die grellen Blutspritzer auf dem frischen Schnee ... Goigoi schloß die Augen, er fühlte Tränen über seine behaarten Wangen strömen, er stürzte sich hinab ...

Ein kurzer Flug, dann fiel er aufs Gesicht. Warme Ewigkeitsfinsternis umfing sein Bewußtsein.

Tin-Tin wollte diesmal das Trinkwassereis von einem kleinen Wasserfall unterhalb der Felsen holen. Sie spannte sich vor den leichten Schlitten und lief los, dem tiefen blauen Schatten zu, den die übers Meer hängenden Felsen warfen.

Durch mehrere Frosttage war das ans Ufer getriebene Eis fest geworden, es hatte sich so mit dem Festland verbunden, daß kein Südwind es mehr wegreißen konnte. Durch den Druck war ein Grat von Eisblöcken entstanden, doch zwischen diesem und dem Ufer lag eine glatte, schneebedeckte Eisfläche. Der Schlitten glitt leicht darüber hin, Tin-Tin nahm Anlauf, setzte sich darauf und rodelte. Dabei mußte sie ans Schlittenfahren in ihrer Kindheit denken... Alles war vergangen, zurückgeblieben die Kindheit mit ihren Spielen, die kurze glückliche Ehe. Vor ihr lag nichts mehr, das Freude verhieß. Beim Gedanken an die Zukunft erstarrte alles in Tin-Tin, wie die Natur erstarrt war, dem Winter unterworfen. Also wurde es auch im Leben des Menschen mit der Zeit Winter: da kamen die Fröste des Leides, kamen seelische Stürme, die alle Wärme fortbliesen. Im Schatten der Felsen umfing Tin-Tin Stille, die unheimlich war. Die Frau blickte um sich und redete sich selbst gut zu: längst noch nicht so viel Schnee, daß eine Lawine zu

befürchten wäre, und auch Eisbären kommen zu dieser Jahreszeit noch nicht.

Trotz alledem wuchs die unverständliche Unruhe
an und ergriff auch das Denken. Bis zu dem gefrorenen Wasserfall war es ziemlich weit. Tin-Tin war
schon fast im Begriff umzukehren, als sie im frischge-
fallenen Schnee in einer Vertiefung, die zum Meer
abfiel, außergewöhnlich große Spuren entdeckte. Von
Kind an kannte sie sich aus mit Spuren im Schnee.
Nein, dies war kein Braunbär, kein Eisbär, weder Wolf
noch Vielfraß, aber auch kein Mensch. Doch schließlich konnte kein Niemand barfuß durch den Schnee
gegangen sein ...

Tin-Tin folgte mit den Augen der Richtung dieser Spur, sie führte nach oben, zu den Felsen überm
Meer. Ihr Herz schlug laut und rasch, in der ange-
spannten Stille dröhnte der Herzschlag in den Ohren.
Nein, sie mußte umkehren. Hier stimmte etwas nicht,
Ungutes und Bedrohliches barg diese von den Felsen
verdunkelte Stelle ...

Und plötzlich hörte Tin-Tin ein schwaches Stöhnen. Sie schrak zusammen. Das Stöhnen kam von
vorn, wo die Eisblöcke sich türmten. Und irgend
etwas war in dieser Stimme, daß Tin-Tin losrannte,
ohne zu überlegen.

Er lag zwischen zwei aufrechtstehenden Eisschollen, wie in einem Käfig.

»Goigoi!« rief Tin-Tin, so laut und durchdringend,

daß von den Felsgipfeln oben Schnee herabstäubte. Eine schwarze Krähe, aufgeregt krächzend, flog vom Eis auf.

Tin-Tin eilte zu dem Liegenden, drehte ihn auf den Rücken, legte ihr Gesicht an das seine.

»Goigoi!« rief sie. »Ich wußte, daß du zu mir zurückkommst, ich habe immer geglaubt, daß du noch lebst!«

Er schlug die Augen auf, gequälte Augen, halb erloschen und doch so vertraut, schmerzhaft vertraut...

»Goigoi! Du bist es, Goigoi! Ich bin ja so froh, dich wiederzusehen! Mein Herz hat mich hierhergeführt, es muß es gewußt haben...«

Weinend und wehklagend versuchte Tin-Tin, seinen Kopf anzuheben.

»Sieh mich an, Tin«, hörte sie ihn sagen. »Sieh genau hin. Bin ich etwa der Goigoi, den du gekannt hast?«

Erst jetzt rückte Tin-Tin ein wenig von ihm ab. Voller Schrecken betrachtete sie das Gesicht, mit dichtem kurzem Fell bewachsen, die schwarzen groben Füße, zwischen deren Zehen ebensolches Fell wuchs, genau wie auf den Armen und überall, am ganzen Körper.

»O Goigoi!«

Tränen trübten ihren Blick, sie konnte ihn nicht länger gründlich anschauen.

»Das vergeht, Goigoi … Das kann doch nicht sein! Das kann doch nicht sein!«

»Doch, Tin, es ist nun einmal so gekommen«, erwiderte Goigoi traurig. »Ich bin ein Teryky geworden!«

»Aber wieso? Warum solche Ungerechtigkeit?« klagte Tin-Tin.

»Das ist Schicksal«, entgegnete Goigoi ergeben. »Für mich ist das Los so gefallen. Dagegen darf man nicht hadern.«

Goigoi kam allmählich zu sich. Als er über sich Tin-Tins Gesicht sah, hatte er zuerst gedacht, er sei schon in der Nähe des Polarsterns und habe den Weg durch die Wolken in der Bewußtlosigkeit zurückgelegt. Doch offenbar kann ein Teryky sich nicht selbst ums Leben bringen … Nicht von ungefähr berichtet die alte Legende, dem Teryky sei es bestimmt, nur von Menschenhand den Tod zu empfangen. Wer aber würde sein Mörder sein: Këu oder Piny? Oder am Ende Tin-Tin? Und warum nicht? Warum sollte nicht sie ihn vom Leiden befreien?

»Tin«, rief er leise.

»Wie schön, deine Stimme zu hören«, gab sie zur Antwort.

»Du siehst, wie ich verwandelt bin!«

»Für mich bist du Goigoi geblieben.«

»Aber ich kann nicht in die Jaranga zurück.«

»Ich werde hier mit dir leben.«

»Dann kommen wir beide um.«

»Meinetwegen, wenigstens zusammen.«

Goigoi seufzte.

»Du redest unvernünftig... Dir hat das Schicksal bestimmt, du sollst leben, und mein Los ist es, durch die Hand eines Menschen zu fallen. Und je früher das geschieht, um so besser ist es für mich, für die Menschen und auch für dich... Töte mich, Tin!«

»Sprich nicht so, Goigoi!« Tin-Tin hörte auf zu weinen. »Ich habe die Götter angefleht, daß ich dich wiedersehen, daß ich deinen Körper wieder berühren darf, und die Götter haben dich mir gesandt.«

»Nicht den Goigoi, sondern einen Teryky.«

»Ach, für mich bist du immer Goigoi.«

»Trotzdem, ich muß getötet werden. Immer noch besser, wenn du es tust. Dann wird es für mich leicht und eine Freude sein, durch die Wolken zu gehen... Die Götter haben uns dieses Wiedersehen beschieden, damit wir Abschied voneinander nehmen.«

»Nein!« widersprach Tin-Tin entschlossen. »Die Götter haben dich so zurückgeschickt, um mich zu prüfen.« Noch niemals hatte Tin-Tin so viel nachdenken müssen. Die Gedanken schwärmten durch sie hindurch wie Vogelzüge im Frühling.

»Kennst du die Höhle dort hinterm Felsen? Versteck dich dort und warte auf mich. Ich lasse mir etwas einfallen.«

»Aber Tin-Tin, ich bin doch kein Mensch!« rief Goigoi leidzerrissen. »Sieh mich doch richtig an!«

»Sei still! Für mich bleibst du immer Goigoi«, unterbrach ihn Tin-Tin. »Ich bin bald zurück. Warte auf mich.«

Erst vor der Jaranga merkte Tin-Tin, daß sie mit leerem Schlitten zurückkam.

»Was ist passiert?« fragte Piny mißtrauisch.

»Das Eis ist dort nicht gut«, log Tin-Tin überzeugend. »Es ist schmutzig. Ich fahre zu einem anderen Wasserfall.«

Piny musterte Tin-Tins Gesicht: Verwirrung, gesenkter Blick – sie wußte ja, was bald bevorstand. Zwei Nächte noch ...

Goigoi fand die Höhle mühelos. In ihr lag fast kein Schnee, nur am Eingang erhob sich eine kleine Schneewehe, wie eine natürliche Schwelle. Die Höhle war klein, doch sie reichte völlig als Unterschlupf für die erste Zeit. Goigoi prüfte seinen Körper und stellte erstaunt fest, daß der Sturz aus solch großer Höhe ihm überhaupt nichts geschadet hatte. Er verspürte lediglich wachsenden Hunger und Sehnsucht nach Tin-Tin. Irgendwann würde sie die Jaranga doch wieder einmal verlassen müssen ...

Vielleicht sollte er selbst auf Nahrungssuche gehen? Im Winter ist das schwierig. Doch plötzlich fiel es ihm wie Schuppen von den Augen: In der Nähe der Höhle standen ja Fallen für Polarfüchse. Schon vom Herbst an pflegte man abgehäutete Robben und Seehunde zu diesen Fallen zu bringen, um das Wild an diese Stelle zu gewöhnen.

Goigoi kroch aus der Höhle und fand bald den Jagdplatz. Sobald die fressenden Polarfüchse ihn von weitem erblickten, stoben sie davon. Hier gab es genug Nahrung. Goigoi aß sich satt und nahm noch einen halben Robbenleib mit. Darüber vergaß er ganz, ein Teryky zu sein. Erst als er sich in der Höhle bequemer eingerichtet hatte, dachte er wieder kummervoll an sein Äußeres, betrachtete das Fell auf den Armen, befühlte es im Gesicht.

Tin-Tin erwachte ganz früh, als die Morgenröte über dem Meer aufging. Es war das übliche Morgenrot der ersten winterlichen Jagd, bei der der Mensch zum erstenmal die Festigkeit des neuen Eises erprobt.

Sie war aufgewacht, kurz bevor Piny sich von seinem Lager erhob. Sie bereitete ihm das Morgenmahl und stand dann vor der Jaranga, bis der Jäger hinter den Eisblöcken verschwunden war.

Piny hatte sich mehrmals umgesehen und mit Befriedigung festgestellt, daß Tin-Tin ihn heute schon wie einen rechtmäßigen Gatten verabschiedete. Vielleicht könnte er sie heute nacht nehmen? Nein, lieber abwarten. Es war ja nicht mehr lange. Zumal sie sich, wie man sah, bereits abgefunden hatte.

Tin-Tin belud den Schlitten mit mehreren Rentierfellen, Kleidung, gekochtem und rohem Fleisch, dann spannte sie sich davor und eilte zur Höhle.

Goigoi saß am Eingang. Als sie ihn sah, so düster und gedankenversunken, spannte Tin-Tin all ihren Willen an, um nicht auf sein Äußeres zu achten. Sie zog den Schlitten geradewegs in die Höhle.

Als Goigoi die Kleidung durchsah, lachte er bitter auf. »Die brauch ich jetzt nicht. Das Fell wärmt.«

Tin-Tin jedoch bestand darauf, daß er sich anzog. So ähnelte er mehr dem gewohnten Goigoi.

»Bring mir getrost rohes Fleisch«, bat Goigoi. »Das sättigt besser und wärmt von innen.«

Nebeneinander setzten sie sich auf die Renfelle, die sie auf den Steinboden gebreitet hatten, schmiegten sich aneinander, und sogar durch die Fellkleidung hindurch wuchs stärker und stärker ihr heißer Drang zueinander. Tin-Tin wünschte die Berührung seines Körpers neu kennenzulernen und abermals zu spüren, doch da störte das kurze, warme, erstaunlich weiche Fell, das den ganzen Mann gleichmäßig überzog. Dann aber verschwand dies alles, war vergessen, und Tin-Tin verging auf dem Gipfel glückseligsten Erlebens. Heiß schlug ihr Atem in Goigois Ohr, sie berührte ihn mit geöffneten Lippen, und danach, wohlig erschöpft, schlief sie tief ein.

Goigoi rückte ein wenig von ihr ab, betrachtete im schwachen Licht ihr Gesicht, berührte vorsichtig mit den Fingerspitzen, die frei von Fell waren, ihr

Haar und weinte leise. In seinem Innern, wohl da, wo das Herz saß, war eine unsichtbare blutende Wunde entstanden, und jede Berührung Tin-Tins, ja, jeder Blick auf sie erzeugte unerträglichen Schmerz. Seine Tränen fielen auf Tin-Tins friedliches, im Schlaf lächelndes Gesicht, sie rannen zu ihren Ohren, die vom wirren Haar verdeckt waren.

Tin-Tin schlug die Augen auf, lächelte und sagte leise: »Noch nie habe ich mich so wohl gefühlt wie jetzt. Ich glaube, das ist das wirkliche Glück, durch das Kinder gezeugt werden.«

»Was sagst du da, Tin!« rief Goigoi erschrocken. »Guck doch, wie ich aussehe. Und wenn nun genau so eines geboren würde – eines mit Fell!«

Tin-Tin dachte kurz nach, dann sagte sie sehr bestimmt: »Was immer für eines geboren wird, es ist von dir und von mir. Als der Wal Rëu und das Mädchen Nau sich liebten, dachten sie auch nicht darüber nach, ob Waljunge oder Menschenkinder geboren würden. Für sie war das Wichtigste, daß sie sich liebten. Wenn solch eines geboren wird, wie du denkst, dann begründen wir eben ein neues Menschengeschlecht ...« Sie streichelte das Fell. »Die Winterkälte wird ihnen nichts ausmachen ...«

»So darfst du nicht sprechen«, seufzte Goigoi und barg sein Gesicht an Tin-Tins Brust. »Der Mensch muß trotz allem ein Mensch bleiben, wenn er schon Mensch ist ...«

Der kurze Frühwintertag entfaltete sich. Bläuliche Helle drang allmählich in die Höhle, Abglanz von Schnee und Eis, und beleuchtete die eisbedeckten Wände und das tränenüberströmte behaarte Gesicht Goigois. In Tin-Tins Augen las er, wie schwer es ihr fiel, wie unheimlich es ihr war, sich an sein neues Aussehen zu gewöhnen. Je heller es in der Höhle wurde, um so unruhiger wurde Tin-Tin. Sie mied seinen Blick, und Goigoi redete ihr zu: »Geh nun ... Sie werden sich sorgen in der Jaranga, sie werden dich suchen ...«

»Sie suchen mich nicht«, erwiderte Tin-Tin. »Piny ist aufs Eis gegangen, und Këu wollte in die Tundra, Fuchsfallen aufstellen.«

Goigoi drängte es, zu fragen, wessen Frau sie geworden sei. Aber jedesmal, wenn er dazu entschlossen war, blieben ihm die Worte im Halse stecken. Und er wollte auch die Gedanken daran verdrängen. Wenn er zuweilen unwillkürlich daran dachte, stieg ihm das Blut heiß zu Kopfe, sein Verstand trübte sich durch das ihm unvertraute Gefühl des Neides auf die Brüder.

»Trotzdem, du mußt jetzt gehen«, beharrte Goigoi.

»Unser Schlupfwinkel muß sicher bleiben, keiner darf ihn entdecken ...«

Tin-Tin brach auf, den kleinen Schlitten ziehend. Aus der Höhle schaute Goigoi ihr nach. Sie machte halt am Wasserfall, schlug mit der steinernen Axt Eis ab, dann verschwand sie hinter einer Uferbiegung.

Goigoi blieb verwirrt zurück. Wie weiterleben? So etwas kann nicht lange gehen. Die Brüder würden sich nicht mit der Nachbarschaft eines Teryky abfinden; sobald sie es herausbekämen, würden sie ihn aufstöbern und umbringen.

Këu war auf dem Weg in die Tundra, zu den Fuchsfallen. Er entdeckte sofort die Spuren und dachte: Dieses Jahr ist der Vielfraß recht früh seinem Gewerbe nachgegangen. Und seine Spur ist irgendwie seltsam; am Ende ist er verwundet? Wenn er hierherkommt, vertreibt er die Polarfüchse. Man müßte ihm einen Hinterhalt stellen.

Hätte Këu die Spuren aufmerksamer betrachtet... Doch der leichte Tundrawind hatte sie schon verweht, und jetzt waren sie wirklich den Vielfraßspuren ähnlich.

Këu schob die Sache nicht auf die lange Bank. Kaum in die Siedlung zurückgekehrt, nahm er eine Falle und legte sie in der Nähe der Köder aus, sorgfältig unterm frischen Schnee verborgen. Gute Arbeit; Këu hoffte im stillen, den Vielfraß zu fangen, er wollte die Köder weiterhin im Auge behalten und würde hoffentlich ein gutes Fell dabei gewinnen, einen Besatz für seine Mütze. Vielfraßfell wird vom Reif nicht angegriffen und ist haltbar wie Wolfsfell.

In der Starre des Wartens zog sich die Zeit in die Länge. Goigoi war klargeworden, daß er von nun an nur in Erwartung Tin-Tins leben und daß jede Verspätung ihm schlimme Qual bereiten würde.

Schon jetzt, kaum daß sie hinter der Biegung verschwunden war, lugte er immer wieder aus der Höhle. Wenn sie ihm nun plötzlich etwas Wichtiges mitzuteilen hätte, wenn sie sich zum Umkehren entschlösse... Doch die Zeit verging, die Sonne sank, und alle Hoffnung auf Tin-Tins Rückkehr schwand.

Zum Zeitvertreib überlegte Goigoi, was sie dort in der Jaranga tun mochte. Sie war also mit dem Schlitten heimgekehrt, hatte das Tintin, das gefrorene Trinkwasser, abgeladen und die Stücke aufs Dach gelegt, damit die Hunde sie nicht naß machten, dann hatte sie den Schlitten verstaut und war ins Tschottagin gegangen. Das Feuer mußte neu angefacht werden, denn es war erloschen während ihrer Abwesenheit. Was konnte sie dann tun? Wahrscheinlich bearbeitete sie Renfelle. Die wurden ausgebreitet, mit der Innenseite nach oben, dann zog sie ihre Schuhe aus und walkte die Felle mit kräftigen Fersen. Vielleicht auch schabte sie das angetrocknete Restfett von Robben- und Seehundshäuten. Oder sie nähte etwas... Jedoch für wen? Für Këu oder Piny? In wessen

Jaranga war sie gegangen? Wessen Frau war sie nach altem Brauch geworden?

Plötzlich verlangte es Goigoi so heftig, dies zu wissen, daß er alle Vorsicht vergaß, die Höhle verließ und sich auf den Weg zur Siedlung machte. Er wählte nicht den Weg, den Tin-Tin genommen hatte, sondern ging oben entlang. Vom Hügel aus sah er die Jarangen sofort.

Die Sonne stand schon niedrig, und der erschreckend lange Schatten Goigois lag auf dem rosig gefärbten Schnee.

Näher wagte er sich nicht an die Jarangen heran; nicht nur die Menschen könnten ihn bemerken, auch die Hunde könnten ihn wittern. Von der hügeligen Lagunenseite aus schlich er näher, sich in Bodensenken, hinter kleinen Erhebungen und Schneewehen verbergend.

Jemand kam aus der Jaranga. Von weitem war schwer zu erkennen, wer. Goigoi wagte sich bis zum nächstgelegenen Hügel, von dem aus die Jäger aufs Wasser zu schauen pflegten.

Da Goigoi sich selbst nicht sehen konnte, vergaß er zuweilen, daß er ein Teryky war. Auch jetzt, das friedliche Leben seiner Siedlung vor Augen, war ihm zumute, als sei er nur gerade einmal kurz auf den Hügel gestiegen, um nach einem heimkehrenden Jäger Ausschau zu halten oder das Wasser zwischen den Eisschollen abzusuchen. Ein Weilchen stehenbleiben, dann frösteln und zu den Jarangen hinuntersteigen, schnell in die Wärme der Schlafecke kriechen... Aber nein, sein Körper blieb unempfindlich gegen die Kälte.

Tin-Tin war aus Pinys Jaranga gekommen, sie trug Felle und hängte sie auf die hohen Stangen. Wieso das? Sie war also bei Piny geblieben? Das hieß, Këu hatte sie abgegeben? Warum?

Goigoi blickte aufs Meer und sah zwischen den Eisblöcken einen Jäger auftauchen. Er zog seine Beute, eine Robbe, hinter sich her. Aus welcher Jaranga würde nun die Frau mit der Wasserkelle kommen, um den Kopf der Robbe mit Wasser zu übergießen, sie zu »tränken« nach dem langen Weg übers Meer?

Goigoi wandte den Blick zu den Jarangen. Dort hatte man offenbar den heimkehrenden Jäger ebenfalls bemerkt. Die erste frische Robbe des Winters wurde erwartet. Eine Frau trat aus der Jaranga von Piny. Und Goigoi erkannte sie. Es war Ajana.

Was hatte das zu bedeuten: Wollte am Ende keiner der beiden Brüder Tin-Tin nehmen? Sie lebte in Pinys Jaranga, aber nicht als Gattin. Vielleicht warteten sie noch auf ihn? Glaubten noch, daß er wiederkäme? Heiße Dankbarkeit überflutete Goigoi, fast wäre er den Hügel hinabgerannt und hätte gerufen: Hier bin ich, Goigoi, euer Bruder, Tin-Tins Mann! Er brach in Tränen aus, die ihm übers Fell rollten...

Bedrückt trottete er zurück, heimlich, wie er ge-

124

kommen war, sich hinter Hügeln und Schneewehen verbergend. Er betrat seine Höhle, in der kalte blaue Finsternis herrschte, und ließ sich schluchzend auf den Haufen Felle und Kleider fallen.

Alle Gedanken Tin-Tins waren jetzt nur noch in der Höhle unter den Felsen. Sie ging durch die Siedlung, kochte Essen, nahm die Robbe aus, bearbeitete Felle, entzündete das Talglicht, fachte das Feuer im Tschottagin an, fütterte die Hunde, doch eigentlich war sie dort, in der kalten stillen Luft des Felsspalts. Piny betrachtete verwundert die Frau, ihren träumerisch abwesenden Blick, und er schrieb all dies der Erregung vor der Hochzeitsnacht zu.

Als Tin-Tin die Robbe ausnahm, legte sie einige Leckerbissen heimlich zur Seite, um sie gelegentlich Goigoi zu bringen.

Sie tat die ganze Nacht kein Auge zu, erwartete ungeduldig den Morgen, um Piny zu seinem Gang aufs Meer zu verabschieden. Kaum dämmerte es, da entzündete sie bereits das Feuer.

»Was machst du, Tin-Tin?« fragte Piny aus der Schlafecke hervor.

»Frühstück bereiten ...«

»Heute gehe ich nicht aufs Meer«, sagte Piny und

lächelte breit. »Hast du etwa vergessen, daß du nächste Nacht meine Frau wirst?«

Diese Worte, gelassen ausgesprochen, wirkten auf Tin-Tin wie ein Schlag. Sie fuhr zusammen, zog den Kopf ein und schluchzte auf.

»Freust du dich denn gar nicht?« fragte Piny schmunzelnd.

»Ich weiß nicht«, erwiderte sie leise.

»Es ist nun mal so Brauch«, sagte Piny streng. »Du kannst nicht allein bleiben. Du mußt Kinder gebären. Und wir werden Kinder haben...«

»Dann geh ich jetzt und hole Tintin«, sagte die Frau.

»Wir haben genug Trinkwasservorrat«, entgegnete Piny. »Wenn du schon etwas tun willst, so gib mir zu essen.«

Tin-Tin zerkleinerte in einem steinernen Mörser etwas Robbenleber mit Speck und wärmte Brühe vom Vortag auf.

Piny aß und konnte sich kaum beherrschen, so drängte es ihn, die Frau jetzt gleich zu nehmen, an diesem friedlich-stillen Morgen, mit seinen kräftigen Händen ihren weichen, nachgiebigen Körper zu spüren, ihre Wärme. Was war denn schon ein Tag? Piny war bereits drauf und dran, Tin-Tin am Pelzärmel ihres Ker-Ker zu fassen, als ihm plötzlich einfiel: Wäre sein Bruder an jenem Tag nicht zur Jagd gegangen, dann wäre er hier... Ein Tag – und alles hat sich gewendet: Goigois Schicksal, das von Tin-Tin und auch das seine, Pinys. Also doch lieber warten bis zur vorbestimmten Nacht. Der heutige Tag wird schnell vergehen, kurz sind ja die Tage im Winter, dafür sind die Nächte lang, und er wird genug Zeit haben, den jungen Frauenkörper zu genießen.

Seine ursprüngliche Absicht, den ganzen Tag in der Jaranga zu bleiben und seine Kräfte für die Nacht aufzusparen, ließ Piny bald fallen, und er brach auf, um in der Tundra Fallen für Polarfüchse zu stellen.

Kaum war er hinter den Hügeln verschwunden, zog Tin-Tin den Schlitten vom Dach der Jaranga, belud ihn mit den beiseitegelegten Leckerbissen von der Robbe und machte sich auf den Weg zur Höhle.

Goigoi hörte sie schon kommen.

»Ich habe die ganze Nacht auf dich gewartet.«

»Und ich habe die ganze Nacht nicht geschlafen.

Immerzu mußte ich an dich denken«, antwortete Tin-Tin seufzend. »Ich konnte es kaum erwarten, daß er geht ...«

»Wer?« fuhr Goigoi auf.

»Piny.«

»Lebst du wirklich noch bei ihm?«

Tin-Tin schlug verwirrt die Augen nieder.

»Warum hat keiner von den Brüdern dich genommen?«

»Weil sie noch auf deine Heimkehr hofften«, antwortete sie.

»Und jetzt – warten sie jetzt noch?« fragte Goigoi mit plötzlich aufflackernder Hoffnung und betastete unwillkürlich sein fellbewachsenes Gesicht.

»Nein«, seufzte Tin-Tin. »Këu hat die Befragungszeremonie vollzogen, und du hast nicht widersprochen, als er sagte, daß Piny mich nehmen möchte …«

»Wieso Piny?« wunderte sich Goigoi. »Dem Brauch zufolge gehörst du Këu.«

»Aber Pinys Ajana hat keine Kinder …«

Als hätte eine unbekannte Macht alle Luft aus der Höhle getrieben, so schwer wurde Goigoi auf einmal das Atmen. Er riß den Mund auf und fühlte, wie sich ihm die Kehle verengte und wie das Blut aus den Adern ihm heiß zum Herzen strömte.

»Was denn?« flüsterte er heiser. »Was denn? Was soll ich nur tun?«

Er kroch zum Höhleneingang, und Tin-Tin stürzte ihm weinend nach.

»Du darfst nicht hingehen, Goigoi! Sie bringen dich um, denn für sie bist du kein Mensch mehr! Du bist ein Teryky! Geh nicht!«

Goigoi zog die weinende Frau an sich, strich ihr mit der fellbewachsenen Hand übers Haar und redete ihr gut zu: »Ich gehe nicht. Du brauchst nicht zu weinen, hab keine Angst. So leicht gebe ich mich nicht auf. Jetzt bist du ja bei mir …«

»Laß uns in die Tundra fliehen und ein neues Leben beginnen«, sagte Tin-Tin unter Tränen. »Wir begründen ein neues Menschengeschlecht, das weder Kälte noch wanderndes Eis zu fürchten braucht. Wir bauen uns eine Jaranga ...«

Goigoi hörte zu und bewunderte ihre Klugheit. Insgeheim war er einverstanden. Aus dieser aussichtslosen Lage gab es nur einen Weg – möglichst weit fort von den Menschen, niemandem unter die Augen kommen, allein zu leben versuchen ... Einmal hatte doch jemand auch so begonnen ... Es hatte ihn gegeben – den Wal Rëu, der zum Menschen wurde, um mit der Geliebten zu leben. Vielleicht würde auch er dann wieder ein Mensch werden?

Es schien Goigoi, daß ihm im Dunkel der ungewissen Zukunft doch noch ein Hoffnungsstrahl leuchten könnte. Das gab seinem Denken die Nüchternheit wieder, und er sprach zu Tin-Tin: »Wir wollen nichts übereilen ... Der Zeitpunkt muß günstig gewählt werden, damit wir unbemerkt davonkommen. Ich kann Kälte und Schneestürme vertragen, kann viele Tage lang hungern, aber du doch nicht ... Deshalb brauchen wir warme Kleidung und Nahrungsvorrat für die erste Zeit. Später können wir uns dann selbst alles Notwendige beschaffen. Wir sind zu zweit, wir sind zusammen!«

Auf dem Rückweg zur Jaranga war Tin-Tin klaren, frohen Mutes.

Wenn in dunkler Winternacht
Plötzlich fern ein Licht erwacht,
Sei gewiß: der Morgen kommt mit Klang und
   Schein.
Wenn durch Schneesturm dunkelwild
Ein Stück blanker Himmel quillt,
Kehren bald auch Ruh und Stille ein.
Aus der grausig weiten Ferne
Kommst du endlich wieder her:
Heim zum Feuer, das ich schürte,
Denn ich warte sehr.
Laß uns danken, ewig danken
Unserer großen Hoffnung, die
Uns zusammenführte ...

Sie trat schnell in die Jaranga und sah vor sich das triumphierende Lächeln auf Pinys Gesicht.

»Ein schönes Lied«, sagte er.

Das war wie ein Guß kalten Wassers ins Feuer, wie ein Windstoß, der die Flamme auslöscht. Tin-Tin senkte den Blick und ging an Piny vorbei, ihren Kummer verbergend, dem so schnell die Freude gewichen war.

Piny schaute der begehrten Frau nach und dachte: Die Weisheit der alten Bräuche schlägt immer dem zum Guten aus, der sie heilighält.

Wenn du, vom langen Durst gequält,
Endlich zum Bache dich beugest,
Wenn du, von Hunger zerrüttet, geschwächt,
Endlich zum Mahle dich neigest,
Wenn du, von Wachen und Kämpfen zermürbt,
Hinsinkst aufs Lager, das weiche,
Wird dir Beglückung, wohliger, reicher
Als dem, der sofort Begehren stillt,
Als dem, dem jeweils Erfüllung quillt,
Kaum daß ihn Wünsche erreichen …

Piny sang gut, mit klarer Stimme, doch in den Worten
schwang die Kraft der langen Erwartung, so daß Tin-
Tin beim Zuhören nahende Kälte empfand.

Goigoi konnte nicht lange in der Höhle bleiben.
Die steinernen Wände bedrückten ihn, auch drängten
ihn die Gedanken an die Zukunft ins Freie, seine
Augen wollten die ferne Horizontkrümmung absu-
chen, wo es in Bergtälern sichere Verstecke vor den
Menschen gab. Ein Polarfuchs lief vorüber, und Goigoi dachte voller Mitgefühl, daß er selbst jetzt eigentlich den Tieren näher war als den Menschen, daß der
Polarwolf ihm eher ein Bruder war als die Menschen,
die in der Siedlung das abendliche Mahl bereiteten,
sich in Erwartung des Essens ums Feuer setzten.

Er stellte sich Piny vor, erinnerte dessen Gesicht bis in kleinste Einzelheiten, und er fühlte, wie aus der Tiefe eine dunkle Welle von Haß in sein Herz und seinen Kopf stieg. Arme Tin-Tin! Wo sind denn die Götter, die für Gerechtigkeit sorgen? Sehen sie gar nicht, wie diese junge Seele leidet, wie sie im Vorgefühl eines unerträglichen Lebens vor Schmerz vergeht? Und hatten nicht die Götter, die überirdischen Mächte Goigoi in einen Teryky verwandelt? Er hatte ja nicht von sich aus einer werden wollen! Aber warum das alles? Warum wurden ausgerechnet sie beide solch einer Prüfung unterzogen?

Vom Hügel aus sah Goigoi den Widerschein des Feuers auf dem Schnee vor den offenen Jarangen. Allmählich erloschen die Feuer, bis schließlich die ganze Siedlung zu schlafen schien.

Und da überkam es Goigoi: Lebhafter als in der Wirklichkeit, mit scharfem durchdringendem Schmerz und mit brennendem Haß sah er vor sich, wie Piny sich neben Tin-Tin legt, die Decke von Jungrenfell über sich zieht, seine flammend heißen Schenkel an den zarten Frauenkörper preßt.

Er rannte den Hügel hinab, zu keinem Gedanken fähig, jegliche Vorsicht vergessend, und stürmte auf die Jaranga zu, die dunkel unter dem nächtlichen Sternenhimmel stand.

Tin-Tin machte sich lange im Tschottagin zu schaffen, sie säuberte die Feuerstelle, fütterte die Hunde, klopfte auf dem Schnee Renfelle aus, zerkleinerte Robbenfett im steinernen Mörser, fegte mit einem Entenflügel den festgestampften und gefrorenen Erdboden, trieb die Hunde ein, damit sie nicht im Freien bleiben und im Wind frieren mußten. Doch trotzdem kam der Zeitpunkt, da sie ins Schlafgemach kriechen mußte, und sie sah in der rechten Ecke das vorbereitete Lager.

Ajana, das Gesicht versteinert vor Kummer und Zorn, lag auf dem Rücken und blickte zur niedrigen Decke.

Piny saß beim Talglicht, nackt, mit schimmerndem Körper, stark. Zwischen den Beinen hatte er sich nachlässig ein Stück dünnes Fell übergeworfen. Er tat, als bemerke er nicht, wie Tin-Tin sich langsam und umständlich niederlegte.

Das Licht der Tranlampe wurde schwächer. Zuletzt blieb nur noch ein dünnes Flammenzünglein, bis auch dies flackernd erlosch. Das Schlafgemach versank im Dunkel.

Stockenden Herzens hatte Tin-Tin diesem Augenblick entgegengebangt. Unter der leichten Felldecke krümmte sie sich zusammen und zitterte, als läge sie nicht im Warmen auf molligen Rentierfellen, sondern draußen in der Tundra unter kalten Windböen. Sie hörte, wie Piny sich schwer neben ihr niederließ.

Augenblicks hustete Ajana, um bekanntzugeben, daß sie nicht schlief.

Das Atmen fiel immer schwerer, Tin-Tin fürchtete zu ersticken. Sie hob eine Ecke des Schlafvorhangs an und schob den Kopf ins Tschottagin. Goigois Lieblingshund kam herbei und leckte ihr mit rauher, warmer Zunge das Gesicht. Diese unerwartete Berührung gab Tin-Tin ein wenig Zuversicht, trotzdem konnte sie sich des Zitterns nicht erwehren, als sie auf ihrem Körper gierige, suchende Hände spürte.

Piny beobachtete genau seine Gefühle, und erstaunt stellte er fest, daß da neben schmerzhaft heftigem Begehren auch eine Art heimlicher Furcht war. Ja, Tin-Tins Körper war jung und geschmeidig, die Haut glatt und zart wie eine reife Beere. Seine Finger spürten nicht nur Wärme, sondern, seltsam, ebenfalls leichte Kühle, die Tin-Tins innere Glut zu verraten schien.

Mit einer derben Bewegung zog Piny Tin-Tins Kopf in die Schlafecke zurück und preßte sein Gesicht an ihres. Er nahm die Frau mit der Gier eines völlig ausgehungerten Menschen; brutal. Und plötzlich merkte er: Tin-Tin erwiderte ihm nicht. Sie lag gleichgültig da, und zwischen beiden Körpern war ein Schleier kühler Entfremdung, den er nicht zu durchbrechen vermochte. Diese überraschende Entdeckung wirkte eine Zeitlang lähmend auf Piny.

In der eingetretenen Stille hörte er die verlassene Ajana laut schluchzen. Sie lag an der anderen Wand des Schlafgemachs, und sie heulte und stöhnte unter ihrer Felldecke. Dumpfer Jähzorn ließ die Manneskraft ermatten, Piny riß sich von Tin-Tin los und stürzte sich fluchend auf Ajana. Er schlug durch die Felldecke auf sie ein, schlug im Dunkeln manchesmal daneben, bis er endlich selbst erschöpft auf die Felle sank.

Kaum hatte er ein wenig ausgeschnauft und wollte wieder zu Tin-Tin, die vor Erwartung starr lag, als im Tschottagin wild ein Hund zu bellen begann. Ein zweiter stimmte ein, ein dritter, und bald war die ganze Behausung von Hundegebell erfüllt.

Piny, in seiner Wut, sprang nackt aus dem Schlafgemach und fing an, die Hunde zu prügeln. Sie bissen ihn, er fiel auf den kalten Erdboden, erhob sich wieder und ließ an den Tieren seinen Zorn aus über Enttäuschung, betrogene Hoffnung, plötzliche Impotenz.

Allmählich verstummte das Bellen.

Von den Jarangen zu den Hügeln floh Goigoi, immer sich bergend in Senken der Schneedecke.

Er war unbemerkt bis zur Siedlung gelangt. Anfangs hatten die Hunde ihn nicht gewittert. Er war froh, daß seine fellbewachsenen Füße völlig lautlos über den Schnee gingen, weich und zart, wie Eisbärentatzen.

Goigoi schlich zu Pinys Jaranga und blieb neben der Wand stehen, hinter der er Tin-Tin in Pinys Umarmung vermutete. Er hielt den Atem an und lauschte. Das Dröhnen des eigenen Blutes in seinen Ohren störte ihn, und ihm kam der Gedanke, wie gut es wäre, könnte er sein Herz anhalten.

Er hörte Weinen und Stöhnen. Doch das war nicht Tin-Tins Stimme, sondern Ajanas. Was war dort los?

Warum war Tin-Tin nicht zu hören? War sie etwa nicht in der Jaranga?

Das Stöhnen und Weinen der Frau wurde lauter, und auf einmal hörte Goigoi die Flüche und Beschimpfungen des wütenden Piny. Was war nur geschehen?

Alle Vorsicht vergessend, schmiegte sich Goigoi dicht an die Jaranga, und da witterten ihn die Hunde und erhoben ihr wildes Gebell.

Das Bellen verebbte in der Ferne, und Goigoi verlangsamte seinen Schritt. Er war schon ziemlich weit gekommen, hatte die Fuchsfangplätze seines ältesten Bruders Këu hinter sich gelassen. Schnee trieb ihm ins Gesicht, ein Sturm kündigte sich an, der erste Schneesturm dieses Winters in Goigois neuem Leben. Der kalte Wind durchdrang die Fellschicht nicht,

Goigoi hatte es noch immer warm, als trüge er wärmste winterliche Fellkleidung.

Den ganzen Weg lang grübelte er über die sonderbare Stille in Pinys Schlafgemach, über das sonderbare Weinen von dessen Frau. Anfangs hatte diese Stille ihn beruhigt, doch jetzt kam ihm ein quälender Verdacht: Und wenn Tin-Tin und Piny schon so vertraut miteinander waren, daß ihre Liebkosungen weniger stürmisch vonstatten gingen, so daß durch die Fellwände nichts zu hören war?

Nein, so schnell wie möglich fort von hier! Schon fangen die Schneestürme des Winters an. Sie werden alle Spuren verwischen, sie werden die Verfolger in die falsche Richtung leiten. Das erste, was den Brüdern in den Sinn kommen wird: Tin-Tin sei in die heimatliche Siedlung ausgerissen. Wir aber werden uns genau entgegengesetzt davonstehlen, am Meeresufer entlang, damit wir auch gelegentlich Jagdbeute machen können. Ich darf nicht versäumen, Tin-Tin zu sagen, sie möge Speer und Harpune mitbringen. Auch ein gutes Messer wäre vonnöten. Oder erlegt ein Teryky seine Nahrung auf andere Weise?

Der Schnee haftete im Fell, und Goigoi ertappte sich, wie er sich von Zeit zu Zeit schüttelte, anders als gewohnt, eher wie ein Hund. Diese Erkenntnis war bitter. Wenngleich Goigoi sich nicht sehen konnte, so fühlte er doch sein neues Fell, sein neues Aussehen.

Der Wind nahm an Stärke zu, doch ein ihm früher unbekannter Instinkt führte Goigoi zu seinem Unterschlupf. Irgendwo hier in der Nähe mußten auch Këus Fuchsfallen sein.

Und plötzlich schrie Goigoi laut auf vor Schmerz und unerwartetem Schrecken – etwas Hartes, Griffiges hatte seinen Fuß erfaßt und zog ihn herab auf die Erde. Um seinen Knöchel schloß sich eine große hölzerne Falle, wie sie für Wölfe und Vielfraße aufgestellt wird. Manchmal verfingen sich darin auch Braunbären, die verspätet durch die Tundra streiften. Die Falle war mit einem breiten Walroßriemen an einem schweren Stein befestigt.

Mühsam zernagte Goigoi den Riemen, dann hinkte er in seine Höhle, um sich dort vollends zu befreien. Doch ohne Messer kam er der Falle nicht bei.

Piny stand vor der Jaranga, der orkanartige Wind ließ ihn schwanken, er wandte das Gesicht ab vom anfliegenden Schnee. Der Kummer über seine nächtliche Niederlage ließ ihn nicht los. Er war wütend auf seine erste Frau, auf die Hunde, auf sich selbst. Am wenigsten beschuldigte er Tin-Tin. Das Mädchen hatte einfach Angst gehabt: vor ihm, vor der ehemaligen Gattin, vorm Hundegebell. Die kommende Nacht würde bestimmt ganz anders werden. Er ging hinüber zur Jaranga des ältesten Bruders. Këu saß am Feuer und blickte in die Flammen.

»Warum haben die Hunde so gebellt in der Nacht?« fragte er.

»Vielleicht hat sich irgendein Tier in die Nähe der Siedlung verirrt?« vermutete Piny. »Spuren allerdings sind keine da, alles ist verweht.«

»Das war ein eigenartiges Bellen«, sagte Këu nachdenklich. »Die Hunde haben vor Angst gebellt.«

»Das ist mir nicht aufgefallen.« Unwillkürlich beschämt, erinnerte sich Piny, wie er nachts die Hunde geschlagen hatte.

»Aber ich war sehr beunruhigt«, fuhr Këu fort, »deshalb bin ich hinausgegangen und habe nachgeschaut.« Piny erstarrte vor Erwartung.

»Jemand lief zu den Hügeln hinter der Lagune«, sagte Këu. »Ich habe ihn nicht verfolgt, er war ganz schnell verschwunden. Und als ich wieder in meiner Jaranga war, dachte ich, es wäre nur Einbildung gewesen.«

»Sicherlich«, stimmte Piny eilig zu.

»Aber jetzt denke ich, es war doch keine Einbildung«, sagte Këu nachdenklich.

Er blickte lange schweigend ins Feuer.

»Weder unser Vater noch der Großvater – überhaupt keiner unserer Vorfahren, soweit wir sie lebend kannten, hat jemals behauptet, mit eigenen Augen einen Teryky gesehen zu haben. Am Ende ist es uns beschieden, einen zu erblicken?«

Normalerweise steigt Angst von ganz tief innen langsam auf. Diesmal ergriff sie im Nu von Piny Besitz, er zitterte.

»Du meinst, das war er?«

»Nein, nicht Goigoi«, sagte Këu fest. »Goigoi gibt es nicht mehr. Es gibt einen Teryky – Feind und Unglück für uns Menschen.«

»Und was sollen wir tun?«

»Wir werden die Götter befragen«, sagte Këu.

Seine Stimme klang gelassen, doch Piny kannte den ältesten Bruder zu genau, er sah, wie tief erregt er war. Der Schneesturm indes nahm zu. Die Jarangen ächzten und dröhnten unterm Ansturm des Windes, einzelne Windstöße drangen durch die dichtgeschlossenen Felle ins Innere, zerrten an der Flamme, sträubten das Fell der Hunde und stoben auf unergründlichem Weg wieder hinaus ins Freie.

Alle Bewohner der Siedlung hatten das Hundegebell vernommen, und in den Jarangen ging das Gerücht: Ein Teryky ist in der Nähe.

Man schwankte zwischen Glauben und Unglauben. Freilich, insgeheim wünschte man seltsamerweise, es möge wirklich ein Teryky sein, obwohl das unglaublich gruselig war. Je gruseliger, desto besser.

Doch gegen Abend legte sich die Unruhe etwas. Man erinnerte daran, wie viele, viele Male sich Vermutungen um einen Teryky nicht bestätigt hatten. Der Unruhestifter hatte sich mal als Eisbär entpuppt, mal als Vielfraß oder auch als Wolf. Und kein einziger Mensch konnte behaupten, je mit eigenen Augen ein solch rätselhaftes Ungeheuer gesehen zu haben.

Gegen Abend steigerte sich der Wind zum Orkan, und ohne zwingende Notwendigkeit verließ niemand seine Wohnstatt.

Fast kriechend mußte Piny zu Këu in die Jaranga hinüber, um an der Befragung der Götter teilzunehmen. Die Vorbereitungen waren bereits im Gange. Këu trug die rituelle Kleidung – einen langen Wildlederkittel, geschmückt mit Stickereien und mit Bändern aus Seehundsleder –, er stimmte sich schon ein, übte seine Stimme, bemüht, das Windsgeheul zu übertönen.

Mit dem Tamburin begab er sich ins verdunkelte Schlafgemach, das alle anderen rechtzeitig verlassen hatten; sie drängten sich ums Feuer. Piny bezog Platz am Fellvorhang, um dem Bruder, wenn nötig, zu helfen, vor allem aber, um dessen Schamanenekstase mit lobpreisenden Rufen wachzuhalten.

Zwischen Gesang und unverständlichem Gemurmel vernahm Piny gelegentlich den Namen Goigoi und die Erwähnung eines Terykys. Këus Stimme schwoll manchmal stärker an als der Sturm und übertönte das Windesheulen, dann wieder senkte er sie bis zum Flüstern, und hin und wieder schwieg er ganz still. In diesen Augenblicken, wie die Zuhörer richtig vermuteten, lauschte Këu den Stimmen der Götter.

Endlich, nach einer langen Pause, bewegte sich der Fellvorhang, und ins Tschottagin stürzte Këu, verschwitzt und erschöpft. Mit zitternder Hand legte er das Tamburin auf den Erdboden und sprach, erleichtert aufseufzend:

»Es war kein Teryky...«

Abermals mußte Piny den schweren Weg durch Wind und treibenden Schnee zurücklegen. In seiner Jaranga, ehe er in die Schlafecke kroch, klopfte er sich lange ab, entfernte den Schnee aus der Pelzkuchljanka mit einem Stück Hirschgeweih. In der Schlafecke war nur Ajana.

»Wo ist Tin-Tin?«

»Frag den Wind«, erwiderte Ajana dumpf.

»Dich frag ich: Wo ist meine Frau?« schrie Piny sie an.

»Ich bin deine Frau...«

In wildem Zorn ergriff Piny die unglückliche, vom nächtlichen Weinen geschwächte Frau und rüttelte sie aus Leibeskräften.

»Wo ist sie?«

»Holt Futter für die Hunde«, brachte Ajana heraus.

Piny ließ sie los und lief wieder aus der Jaranga. Vom Wind getrieben, gelangte er zur Fleischgrube, wo die Wintervorräte lagerten, doch Tin-Tin fand er dort nicht. Der Walknochen, der die Grube abdeckte, lag unter einer dicken Schneeschicht.

»Vom Wind verweht!« schoß es Piny durch den Sinn. Er wollte sich sofort auf die Suche begeben, doch seine Vernunft behielt die Oberhand. Er ging zuerst in die Jaranga zurück, nahm ein Knäuel dünnen Robbenlederriemen, band ein Ende an der Behausung fest und machte sich dann auf die Suche, im Kreis gehend und in jede Schneewehe spähend.

Unterdessen war Tin-Tin bis zur Höhle gekommen und hatte den schneeverwehten Eingang freigegraben. Goigoi lag mit dem Gesicht nach unten, und an seinem rechten Fuß hing die hölzerne Falle.

»Was ist mit dir, Goigoi?«

»Hilf mal abmachen«, bat Goigoi stöhnend. »Letzte Nacht bin ich hineingeraten.«

Tin-Tin hatte Goigois alten Speer und ein scharfgeschliffenes Steinmesser mitgebracht. Sie durchschnitt die Riemen, die die Falle zusammenzogen. Sogar durch das dichte Fell konnte man sehen, wie der Fuß geschwollen war.

»Wie hast du denn hergefunden?« fragte Goigoi besorgt. »Weiß selber nicht«, antwortete Tin-Tin.

»Aber sie werden dich suchen!«

»Piny ist zu Këu gegangen. In der Nacht haben die Hunde so gebellt, als ob sie jemanden witterten. Und jetzt befragt Këu die Götter. Wenn nur nichts Schlimmes herauskommt, Goigoi!«

Goigoi versank in Nachdenken. Sie könnten versuchen, gleich fortzugehen, zumal Tin-Tin hier war. Aber der Fuß... Er schmerzte, damit kam er nicht weit. Also doch noch warten.

»Geh jetzt«, sagte Goigoi. »Es ist noch zu früh für uns zu fliehen. Sobald mein Fuß heil wird, brechen wir auf und lassen alles hinter uns.«

»Aber du sei vorsichtig«, bat Tin-Tin. »Geh nicht aus der Höhle, wenn es nicht unbedingt sein muß. Die Menschen passen jetzt besonders auf.«

Auf dem Rückweg stolperte Tin-Tin über einen straffgespannten Riemen. Piny faßte sie an der Schulter und hob sie auf.

»Wo warst du?« hörte sie durch den Wind seine Stimme fragen.

»Hab mich verirrt...«

Wortlos packte Piny die Frau und zerrte sie in die Jaranga.

Er wartete schweigend, bis Tin-Tin den Schnee abgeschüttelt hatte. Als sie in die Schlafecke kroch, sah Piny sich noch einmal in der Jaranga um und entdeckte plötzlich, daß Goigois Speer nicht mehr da war.

Von der Ausfragerei erschöpft, konnte Tin-Tin lange nicht einschlafen. Sie lag da, steckte den Kopf hinaus ins Tschottagin, sog gierig die Luft ein, die nach feuchtem Schnee roch.

Und so nahm Piny sie. Sie aber, genau wie gestern, lag unbeweglich und gefühlskalt unter dem schweren, vor Zorn und Begierde flammenden Körper des Mannes.

Gegen Morgen flaute der Sturm ein wenig ab. Doch als Tin-Tin hinausgehen wollte, legte sich Pinys Hand schwer auf ihre Schulter, und er sagte kurz angebunden: »Du gehst nirgends hin.«

»Aber ich muß Eis holen, Tintin ...«

»Das hole ich selbst«, sagte Piny.

Während des Gesprächs mit der Frau beobachtete er aufmerksam ihr Gesicht, als wolle er ihre Gedanken erraten. Sein Verdacht nahm zu und mischte sich mit Gefühlen von bitterer Niederlage, Zorn und Gereiztheit. Aber offen auszusprechen, was er dachte, war Piny noch nicht entschlossen. Es war zu ungeheuerlich und unglaubhaft. Vielleicht ließ sich alles dadurch erklären, daß Tin-Tin noch immer hoffte, nachdem sie die legendären Überlieferungen gar zu oft gehört hatte. Das gestrige Durcheinander mochte ihren Glauben an die Existenz verzauberter Wesen neu bestärkt haben, und so glaubte sie womöglich im Ernst, Goigoi könne zu ihr zurückkehren.

»Und denk daran«, sprach Piny streng, »noch niemand aus unserer Siedlung, weder die jetzt Lebenden noch jene, die durch die Wolken gegangen sind und uns vorher mitteilen konnten, was sie wußten, noch niemand hat je behauptet, einen Teryky gesehen zu haben. Was Këu im Schneesturm zu sehen glaubte, war nur Einbildung. Er hat mit den Göttern Zwiesprache gehalten, und die Götter haben geantwortet, daß es keinen Teryky in der Nähe der Siedlung gibt.«

Tin-Tin hörte Piny mit gesenktem Kopf zu, und alles in ihr sperrte sich gegen seine schwerwiegenden, überzeugten Worte. Am liebsten hätte sie geschrien: Aber diesmal irren die Götter! Goigoi lebt! Und sogar in der Gestalt eines Teryky ist er Mensch und Mann geblieben!

»Den du suchst, den gibt es nicht«, fuhr Piny fort. »Vergeudete Zeit.«

So sprach Piny, doch in ihm selbst festigte sich der Gedanke: Sie weiß etwas und verheimlicht es. Und dieses Unbekannte betrifft sowohl den Teryky als auch den im Eis umgekommenen Goigoi.

Den ganzen Tag behielt Piny Tin-Tin im Auge, zum Glück brauchte er nicht weit fort – bei solchem

Wetter bleibt der Jäger daheim. Er verfolgte jede ihrer Bewegungen, jeden Blick. Am meisten quälte ihn der Gedanke an das Verschwinden von Goigois altem Speer. Endlich, zermürbt vom unausgesprochenen Verdacht und von heimlichen Vermutungen, fragte er: »Hast du Goigois Speer weggenommen?«

Tin-Tin erbebte am ganzen Leib – das hätte sie nicht tun sollen. Zu deutlich fiel der Verlust ins Auge, da so wenig Jagdgerät an den Wänden der Jaranga hing.

»Ja, ich«, seufzte Tin-Tin.

»Und wo hast du ihn hingebracht?«

Tin-Tin schwieg.

Das ging zu weit. Piny sprang auf und packte Tin-Tin an den Haaren.

»Wo ist der Speer?«

Ajana steckte ihren Kopf aus der Schlafecke, sie klagte und schnuffelte.

Schmerzhaft wuchs sich der Verdacht zur Gewißheit aus, und Piny erstarrte vor Schreck. Deshalb also war Tin-Tin so kalt und gleichgültig in den nächtlichen Umarmungen! Sie ging zu ihm, und sie liebten einander im Schnee wie die Eisbären.

Tin-Tin schwieg, als könne sie nie mehr sprechen. Sie stöhnte auch nicht, als der aufgebrachte Piny sie schlug. Das dichte schwarze Haar war ihr ins Gesicht gefallen und verdeckte die Augen, aus denen Tränen flossen. Piny nahm ein Stück Seehundsriemen, fesselte Tin-Tin und befestigte das Ende am Mittelpfeiler, der die Jaranga stützte.

»Wenn du es mir nicht sagen willst, dann sagst du es Këu, dem ältesten Bruder«, warf er noch hin, ehe er hinausging.

Einer der Hunde näherte sich Tin-Tin und leckte ihr das verweinte Gesicht. Die rauhe warme Tierzunge schob das wirre Haar beiseite, legte das Gesicht frei. Im Halbdunkel der Jaranga hantierte Ajana, sie lächelte bösartig und wetzte an einem Stein ein Pekul – ein flaches Frauenmesser.

»Das Schicksal selber bietet mir Rache für mein Unglück, für all meine Erniedrigungen«, murmelte die Frau, während sie die Schneide des steinernen Pekul über den Schleifstein führte. »Zuerst stech ich dir deine schamlosen Augen aus, damit du kein Licht mehr siehst und in ewige Finsternis sinkst. Und dann werd ich deine gemeine Brust aufschneiden, die voll böser Gedanken und voll Gift ist ...«

Tin-Tin wußte sehr wohl, wie geschickt Ajana erlegte Tiere ausweiden konnte, mit einem einzigen Hieb öffnete sie den Brustkorb einer Robbe. Tin-Tin erbebte.

»Höre«, sprach Tin-Tin. »Wenn du Piny zurückhaben willst, darfst du mich nicht umbringen.«

Die Frau hielt inne im Messerwetzen.

»Binde mich lieber los, dann gehe ich für immer fort von hier, aus dieser Jaranga, aus dieser Welt!«

Tin-Tin legte flammende Überzeugungskraft in ihre Worte.

»Du lügst!« schrie Ajana plötzlich und holte mit dem Messer aus. »Noch nie hat es auf der Welt eine Frau gegeben, die freiwillig vom Mann weggeht! Nie!«

Tin-Tin schloß die Augen und erwartete den Tod. Und für kurze Zeit schien es ihr auch, der Tod käme zu ihr in Form eines kalten, mit Schnee vermischten Windzuges. Doch da hatte sich nur der Eingang geöffnet, und in die Jaranga stürzten Këu und Piny, von Schnee überpudert.

Mit einem Sprung war Piny bei Ajana und schlug ihr das gegen Tin-Tin erhobene Messer aus der Hand.

»Du hattest Zeit zum Nachdenken.«

Tin-Tin antwortete nicht. Këu kam dicht an sie heran und sah ihr in die Augen.

»Es hat keinen Zweck, daß du dich versteifst. Wenn es schon so ist, dann mußt auch du sterben, zusammen mit deinem Beischläfer – dem Teryky ... Denk daran: Goigoi ist nicht mehr! Der, den du für ihn hältst, ist ein Teryky! Ein Teryky!«

Wenn sie doch nur einmal einen Blick auf ihn werfen könnten! Tin-Tin seufzte tief auf und schloß die Augen. Der Wind hatte sich gelegt. Der erste Schneesturm im Winter währt meist nicht lange, als wolle die Natur nur einmal ihre Kraft erproben vor den kommenden winterlichen Stürmen.

Jetzt war auch Këu überzeugt, daß er im aufkommenden Schneegestöber kein Gespenst gesehen hatte. Früher oder später bestätigt sich alte Erfahrung eben doch. Und damit die Lebenden nicht vergessen, was von den Vorfahren auf sie überkam, unterzog das Schicksal ihre Treue zu den Bräuchen nun einer Prüfung, bestätigte es den beinahe unglaubhaft gewordenen Volksglauben.

Doch warum hatten die Götter, als er sie befragte, nichts von einem Teryky gesagt? Oder hatte er nur das gehört, was er hören wollte?

Goigoi schlug die Augen auf, die noch schwer waren vom langen Schlaf, und stellte fest, daß es am Höhleneingang heller geworden war. Offenbar hatte der Sturm nachgelassen. Wenn das so war, hätte Tin-Tin längst hier sein müssen. Wo blieb sie denn? War ihr am Ende etwas geschehen?

In seinem Innern wuchs Unruhe, drang nach außen, er begann zu zittern.

Warum hatten die Götter, da sie ihn in einen Teryky verwandelten, ihm menschliche Seele und menschliche Gedanken gelassen, Anhänglichkeit und Mitgefühl für andere Menschen? Qualen und Grübelei, Mitleid mit Tin-Tin und den Brüdern – was sollte das einem Wesen, das äußerlich nur sehr entfernt einem Menschen ähnelte?

Andererseits: Wenn sich diese Gefühle rein und ungetrübt in ihm erhalten hatten, dann mußten doch auch die Herzen seiner Brüder, die als Menschen unter Menschen lebten, davon erfüllt sein. Undenkbar, daß ein Menschenherz keines Echos fähig ist. Was ist stärker – der uralte unerbittliche Brauch oder einfaches menschliches Gefühl und Vernunft? Wenn Tin-Tin in erster Linie den Menschen in ihm gesehen hatte, würden dann die Brüder ihn nicht ebenso sehen?

Goigoi kroch zum Höhleneingang und blickte hinaus. Der Wind trieb den Schnee über den Boden und ebnete die in der Sturmnacht entstandenen Wehen ein. Über dem niedrig wirbelnden Schnee war gute, klare Sicht. Hinter den ersten bläulichen Eisblöcken konnte man das fest zugefrorene Meer ahnen, das sich fernhin bis zum Horizont erstreckte. Dort stieg die späte Wintersonne auf und übergoß den weißen Schnee mit ihren rötlichen Strahlen.

Der geschwollene Fuß brannte wie Feuer, doch auftreten konnte Goigoi damit. Auf seinen Speer gestützt, verließ er die Höhle und atmete tief durch in der freien, windigen Schneeluft.

Er ging zur Siedlung. Und je weiter er sich von seinem Schlupfwinkel entfernte, um so leichter und lichter wurde es in seinem Innern, als käme auch da ein Sturm zur Ruhe.

Die Sonne stand hinter ihm, und so lief Goigois großer Schatten vor ihm her und ließ ihn riesenhaft erscheinen. Er lächelte, und voll Erstaunen fühlte er die Kälte des durchdringenden Windes.

Frühmorgens war auch Piny aus der Schlafecke gekrochen. Durch den Rauchabzug strömte klares Licht herein. In der Mitte der Jaranga, von den Hunden umringt, schlief Tin-Tin. Sie zitterte und schrie manchmal auf im Schlaf, doch Piny konnte nichts verstehen. Ein leichter Hauch von Mitleid streifte sein Herz, doch er verscheuchte es schnell, indem er sich der Widersetzlichkeit der jungen Frau erinnerte. Piny lauschte: leichtes Windrauschen und das Rascheln des Schnees auf dem verharschten Boden.

Plötzlich hob einer der Hunde den Kopf, spitzte die Ohren. Dann ein zweiter, ein dritter ... Auch Tin-Tin erwachte und sah sich beunruhigt um. Ein Hund sprang aufheulend nach draußen. Die ganze Meute stürzte ihm nach, und sofort widerhallte die erwachende Siedlung von lautem Gebell.

Piny blickte hinaus. Ein Teryky näherte sich, vom Hügel herab, langsam der Siedlung, auf einen Speer sich stützend. Piny beschattete die Augen mit der Hand, er wollte das Gesicht des Ungeheuers erkennen, doch die tiefstehende aufgehende Sonne blendete, und vor dem Teryky lief dessen riesiger Schatten. Piny nahm den Speer und einen Bogen mit Pfeilen.

Aus der anderen Jaranga kam der bewaffnete Këu. Langsam gingen die Brüder dem Teryky entgegen.

Tin-Tin wußte gleich, was los war. Sie wollte sich losreißen, doch die Riemen fesselten sie fest. Sie begann zu schreien.

»Willst wohl dein Ungeheuer sehen?« fragte Ajana hinterlistig und durchschnitt mit einem Ruck Tin-Tins Riemenfesseln. »Geh nur, geh zu deinem Teryky. Sollen die Brüder dich mit ihm zusammen umbringen. Du bist ja schon kein Mensch mehr, also Schluß auch mit dir!«

Goigoi war schon auf Hörweite an die Brüder herangekommen. Es schien, er wollte etwas sagen.

»Ich glaube, er spricht«, sagte Piny.

»Ein Teryky kann nicht sprechen«, erwiderte Këu.

Und dann erblickte Goigoi Tin-Tin. Sie rannte mit wehendem Haar. Wie der Schatten einer Wolke, die der Wind fortbläst, lief sie an den Brüdern vorbei und schrie: »Bringt ihn nicht um! Er ist euer Bruder! Bringt ihn nicht um!«

Goigoi fing Tin-Tin auf. Sie weinte. Zum letztenmal blickte Goigoi in ihre tränenerfüllten Augen, zum letztenmal sah er die Welt, die Wolken, spürte den kalten Wind, zum letztenmal sah er seine Brüder, die auf ihn zielten.

Mit letzter Kraft stieß Goigoi Tin-Tin von sich und schritt vorwärts. Im selben Augenblick hörte er einen dumpfen Laut und fühlte, wie sich zwei Pfeile in seine Brust bohrten. Schmerz empfand er nicht. Da war vielmehr ein erstaunlich klares Licht, in dem er schwebte und die Schreie der Menschen vernahm, die allmählich ferner und ferner wurden.

Tin-Tin lief zu Goigoi, doch auf seinen weitoffenen Augen schmolzen die Schneeflocken schon nicht mehr. Von Goigois Gesicht aber war das Fell verschwunden – er lag vor Tin-Tin und vor den bestürzten Brüdern als derselbe, der an jenem Frühlingsmorgen davongegangen war.

Der dritte Pfeil, von Pinys Bogen, durchdrang ganz leicht den Pelz der Frau, und Tin-Tin fiel vornüber, mit dem Gesicht auf Goigoi ...

Im bläulich-klaren Grunde des Tintin,
In kalter Sonne vom vergangnen Jahr
Und in des salzgen Meeres Eisesschollenklang
Das Leben spüren ...

In greller Sonne und im weißen Schnee,
Auf Bergesgipfeln, alles überragend,
In Windgebraus und Gräserrascheln,
In Vogelschrei und Frauenlied
Das Leben spüren ...

Und noch im Aufstieg zum Polargestirn,
Wo die entschwundnen Seelen wohnen,
Im Sterngesprüh, im Himmelsleuchten,
Auf jenem Weg, der keine Rückkehr bietet –
Immer und immer nur – spüren das Leben!

Juri Rytchëu im Unionsverlag

Die Suche nach der letzten Zahl
Vor der tschuktschischen Küste bleibt Roald Amundsens Schiff
im Eis stecken. Der gemeinsame Winter verändert die Forscher
ebenso wie die Einheimischen.
400 Seiten, gebunden

Unter dem Sternbild der Trauer
Ein packender Roman über den Zusammenprall der Eskimo-
Kultur mit einer Polarexpedition auf der Wrangel-Insel.
256 Seiten, gebunden

Wenn die Wale fortziehen
Diese poetische Schöpfungslegende der Tschuktschen von der ur-
sprünglichen Gemeinschaft von Mensch und Wal, von der Einheit von Mensch und Natur, ist eine Vorahnung der heutigen
Zeit. 144 Seiten, UT 49

Traum im Polarnebel
Durch einen Unfall muß der Kanadier John MacLennan in einer
Siedlung der Tschuktschen an der eisigen Nordostküste Sibiriens
überwintern. Aus einem Winter wird ein ganzes Leben.
376 Seiten, UT 34

Bestellen Sie unseren kostenlosen Verlagsprospekt:
Unionsverlag, Rieterstrasse 18, CH-8059 Zürich

Tschingis Aitmatow im Unionsverlag

Das Kassandramal
Die bedrängende Frage nach der Gefährdung aller Gattungen und Lebensgrundlagen wird hier in uns selbst, in der Tiefe der ureigensten Verantwortung ausgelotet. 412 Seiten, gebunden

Die Klage des Zugvogels
Frühe Erzählungen aus den Jahren 1953 bis 1965. Sie dokumentieren den Weg des Autors zum Erneuerer einer erstarrten Literatur. 240 Seiten, gebunden oder als UT 32

Der weiße Dampfer
»Er hatte zwei Märchen. Ein eigenes, von dem niemand wußte. Und ein zweites, das der Großvater erzählte. Am Ende blieb keines übrig. Davon handelt diese Erzählung.« 160 Seiten, gebunden oder als UT 25

Ein Tag länger als ein Leben
Die erweiterte Neuausgabe: »Angesichts des Wirbels von Ereignissen hatte ich begriffen, daß ich den Roman anders schreiben mußte – ohne zu vereinfachen, ohne mich zu zügeln.« 512 Seiten, UT 57

Aug in Auge
Aitmatows Erstling, ein Jahr vor »Dshamilja« erschienen. Auf solche Weise war von Armut und Kriegsnot im Hinterland noch nicht geschrieben worden. 112 Seiten, UT 30

Bestellen Sie unseren kostenlosen Verlagsprospekt:
Unionsverlag, Rieterstrasse 18, CH-8059 Zürich

Unionsverlag Taschenbuch

Bestellen Sie unseren kostenlosen Verlagsprospekt:
Unionsverlag, Rieterstrasse 18, CH-8059 Zürich